JN324656

レディ・マドンナ

東京バンドワゴン

小路幸也

集英社文庫

この作品は二〇一二年四月、集英社より刊行されました。

ブックデザイン　鈴木成一デザイン室
口絵　アンドーヒロミ

目次

登場人物相関図

藤島直也《ふじしまなおや》(32)
若くハンサムな
元IT企業の社長。
新会社を設立。
無類の古書好き。

常連客①

三鷹《みたか》
藤島の学友、
ビジネスパートナー。
永坂杏里と結婚。

永坂杏里《ながさかあんり》
藤島・三鷹の大学の同窓生。
藤島の元秘書。

智子《ともこ》
児童養護
施設を経営。

幼なじみ

小料理居酒屋〈はる〉

真奈美《まなみ》
美人のおかみさん。
コウとめでたく夫婦に。

コウ
板前。無口だが、腕は一流。

高校の後輩

行きつけの店

大山《おおやま》かずみ
昔、戦災孤児として
堀田家に暮らしていた。
引退した女医。

家族同然

堀《ほっ》田《た》家〈東京《とうきょう》バンドワゴン〉

(サチ)
良妻賢母で堀田家を
支えてきたが、
6年前、76歳で死去。

(秋実《あきみ》)
太陽のような
中心的存在だったが、
9年ほど前に他界。

藍子《あいこ》(39)
画家。おっとりした美人。

マードック
日本大好き
イギリス人画家。
藍子への一途な思いが
成就し、結婚。

花陽《かよ》(16)
しっかり者の
高校1年生。

玉三郎《たまさぶろう》・ノラ・ポコ・ベンジャミン
堀田家の猫たち。

アキ・サチ
堀田家の犬たち。

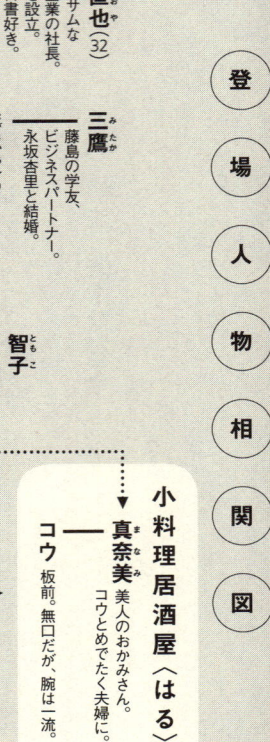

（美稲《みね》）

（草平《そうへい》）
2代目店主。

堀田勘一《ほったかんいち》（83）
明治から続く古本屋〈東京バンドワゴン〉の3代目店主。

（淑子《よしこ》）
勘一の妹。海外に嫁ぎ、晩年は葉山で暮らすが、他界。

我南人《がなと》（64）
伝説のロッカーは今も健在。いつもふらふらしている。

池沢百合枝《いけざわゆりえ》
日本を代表する大女優。青の産みの親。

紺《こん》（38）
元大学講師。現在は著述家。

亜美《あみ》（38）
才色兼備な元スチュワーデス。

研人《けんと》（14）
音楽好きな中学2年生。

かんな（3）
いとこの鈴花と同じ日に産まれる。活発な性格。

青《あお》（30）
プレイボーイの長身美男子。我南人の次男として暮らす。

すずみ（27）
肝の据わった、古本屋の看板娘。

鈴花《すずか》（3）
青とすずみの子。おっとりした性格。

脇坂夫妻《わきさか》
亜美の両親。

修平《しゅうへい》
亜美の弟。折原美世と結婚。

折原美世《おりはらみよ》
若手女優。本名は三迫佳奈《みさこかな》。

常連客②

茅野《かやの》
定年を迎えた、元刑事。

祐円《ゆうえん》
勘一の幼なじみ。神主の職を息子に譲った。

康円《こうえん》
祐円の息子。現神主。

幼なじみ

新《しん》さん
建設会社の2代目。我南人の幼なじみ。

仕事仲間

三崎龍哉《みさきたつや》
葉山に住む我南人の音楽仲間。

かつて同じ事務所

千田《ちだ》くるみ
酒井光平《さかいこうへい》
龍哉の家で共同生活をしている。

木島《きじま》
雑誌記者。我南人のファン。

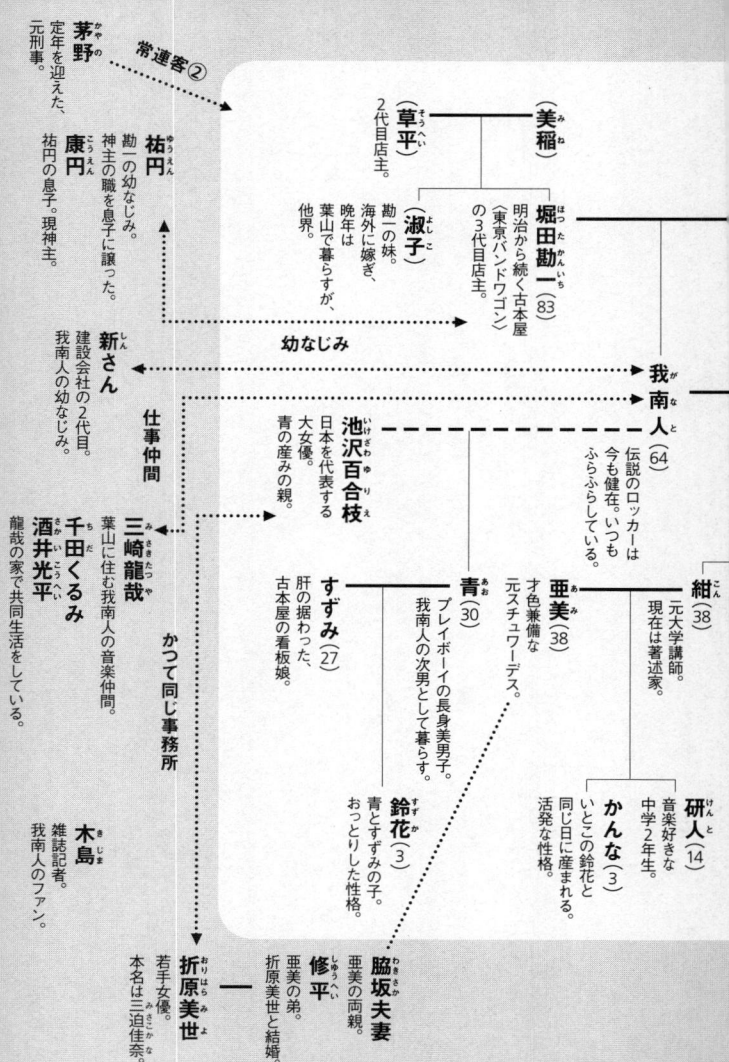

レディ＊マドンナ

東京バンドワゴン

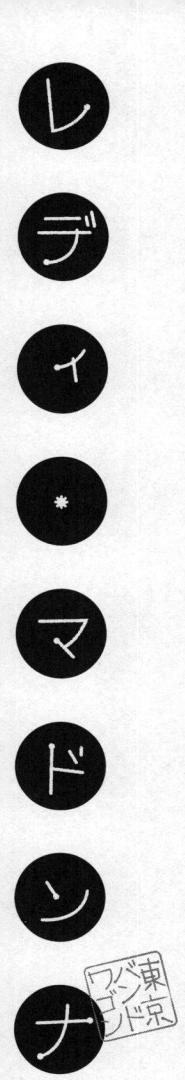

波風多きが浮世の常、などと言いますね。

人の世というものはとかく色々あるもので、心も景気も浮き沈みがあって当たり前、付き物なのだから逆にない方がおかしいのでしょう。やれ騒々しいだの景気が良いだのと一喜一憂しないで、そういうものなんだからどっしり構えていきましょう、という風に言いたいのかも知れませんね。

わたしが住んでおりますこの辺り、やたらとお寺が多く古いものがたくさん残っている情緒溢《あふ》れる町ですが、それとて長い年月の間には色々と変わってまいりました。狭かった道幅が広くなったり古い建物がどんどん消えていったり、かと思えば人の動きが絶えて時代に取り残され、町がこのまま消えてしまうのではないかと思う時期もありましたよ。

それが今では、その古さや懐かしさが良いと、多くの方がやってきてそぞろ歩きます。新しくものを造ろうとする人も雰囲気を壊さぬようにと気を使い、昔から住む人たちはその良さを残そうと日々小さな努力をして暮らしを守っています。

本当に良いものは残るのですよ。時代が移り変わり人の心根さえも変わったように感じることもあるでしょうが、松の根に杉の木が生えないのと同じように、心の根っこというぐらいですからそうそう変わりはしませんよ。

その証拠に、この辺りではまだまだ昔ながらの生活がしっかりと息づいています。蔦《つた》の絡《はらば》う板塀に苔生《こけむ》した石の階段、小さな商店は軒先三寸にまで売り物を並べて客と笑い合い、その足下を猫たちがひょいひょいと通り過ぎます。家々の玄関先に並べられた花の鉢植えが通る人の心を和ませ、打ち水された小さな水溜《みずた》まりを子供たちが飛び越えて路地を走ります。

そういう下町の一角にあります、築七十年以上という今にも朽ち果てそうな風情の日本家屋で古本屋を営んでいるのが我が堀田《ほった》家です。

屋号は〈東京《とうきょう》バンドワゴン〉と申します。

明治十八年に先々代の堀田達吉《たつきち》がこの地で創業しまして、瓦屋根の庇《ひさし》には当時のまま黒塗り金箔《きんぱく》の立派な看板が鎮座しています。生憎《あいにく》と長い歳月にすっかり色褪《いろあ》せ、若い人は左から読んでしまうので「ンゴワドンバ京東」と呪文のように呟《つぶや》かれるのを聞くこともありますよ。

隣にカフェを造りご近所の皆さんに親しんでもらってもう何年経《た》ちますかね。〈かふぇ あさん〉という名前もあるのですが、表看板が二つあるのも煩わしかろうと、同じく〈東京バンドワゴン〉で通しています。

あぁ、いけません。

ご挨拶もしない内に長々と話をしてしまうのがすっかり癖になってしまいました。どなたの目にも触れない姿になって長い時間が経っていますので、お行儀が悪くなっていますね。

お初にお目に掛かる方もいらっしゃいますでしょうか。お久しぶりの方も、皆さん大変失礼いたしました。

わたしは堀田サチと申します。堀田家に嫁いできたのは六十余年も前、終戦の年のことです。随分と騒がしい中での嫁入りだったことは、もうお話しさせていただきましたよね。思えば長い年月、堀田家の嫁として賑《にぎ》やかに楽しい日々を過ごさせてもらいました。

皆さんに我が家の瑣末《さまつ》な事柄をお話しさせていただくようになって、どれぐらい月日が経ちましたか。相も変わらず人の多い我が家ですが、改めて順にご紹介させていただきますね。

家に向かって正面真ん中の扉ではなく、左側のガラス戸をどうぞ。金文字で〈東京バンドワゴン〉と書かれているそこが、創業当時からまったく変わらない古本屋の入口です。

戸を開けますと、これもその当時から並ぶ本棚の奥、畳が敷かれた帳場に座り、文《ふ》机《づくえ》に頬杖《ほおづえ》で煙草《たばこ》を吸っているのがわたしの夫、三代目店主の堀田勘一《かんいち》です。

もう年齢なんざ忘れてもいいだろうよと嘯《うそぶ》いていますが、次の誕生日で八十三歳になります。ごま塩の頭に強面《こわもて》で大柄。口より先に手が出るような人ですが、古本屋の店主をやっているぐらいですから、これで芸術文化方面にはかなり明るいのですよ。店に出入りする芸術を志す方々には随分と便宜を図ったりもするのです。曾孫《ひまご》に女の子が三人もいるものですから、その子たちの花嫁衣装を見るまでは死なないと言っていますが、そうするとおよそ百歳までは生きる計算になりますか。我が亭主ながら、この人ならばその年まで矍鑠《かくしやく》としているような気もします。

帳場の後ろの壁の墨文字、気になりますよね。

実はあれは我が堀田家の家訓なのです。

〈文化文明に関する些事《さじ》諸問題なら、如何《いか》なる事でも万事解決〉

創業者である堀田達吉の息子、つまりわたしの義父となります堀田草平《そうへい》は、新しき世を生き抜く人々に大いなる知識と示唆を与えたいと新聞社を興《おこ》そうとしたそうですが、様々な弾圧や事情で志半ばとなり、心機一転して家業を継ぎました。その際に「世の森羅万象は書物の中にある」という持論からこの家訓を捻《ひね》くりだしたと聞いています。おそらくは自らの決意をも込めたものだったのでしょうね。随分昔の話ですが、その当時は古本屋稼業よりも様々な揉《も》め事《ごと》を解決するのに忙しかったそうですよ。わたしが忘れてしまわないうちにその辺りのお話もできればいいのですが。

その家訓ですが、他にも壁に貼られた古いポスターやカレンダーを捲《めく》りますと我が家のそこここに現れます。

曰《いわ》く。

〈本は収まるところに収まる〉

〈煙草の火は一時でも目を離すべからず〉

〈食事は家族揃《そろ》って賑やかに行うべし〉

〈人を立てて戸は開けて万事朗らかに行うべし〉等々。

トイレの壁には**〈急がず騒がず手洗励行〉**、台所の壁には**〈掌《てのひら》に愛を〉**。そして二階の壁には**〈女の笑顔は菩薩《ぼさつ》である〉**、という具合です。

家訓などという言葉自体、とうに死語でしょう。ですが我が家の皆は、老いも若きもできるだけそれを守って毎日過ごそうとしています。

勘一の後ろで在庫の確認をしながら本の整理をしているのは、孫の青《あお》のお嫁さんで、すずみさんです。大学では国文学を専攻し、古本屋になるのが夢だったという今どき珍しい娘さんです。愛くるしい笑顔に加えて度胸の良さは勘一をも凌《しの》ぐのではないかと評判の看板娘。古本の目利きも大したものでして、今では古本屋を裏から支える陰の大黒柱とも言われていますよ。

どうぞ、ご遠慮なくそこから居間に上がってくださいな。

居間で猫を膝に乗せて新聞を読んでいるのは、わたしと勘一の息子、我南人《がなと》です。

金色の長髪はどこでどうしていても目立ちますね。この子はロックンローラーなるものを生業《なりわい》にしています。巷《ちまた》では「伝説のロッカー」とか「ゴッド・オブ・ロック」などと持《も》て囃《はや》されることもあるようで、ファンの方が我南人会いたさに店にやってくることも多いのですよ。六十を過ぎたというのにボロボロの格好であちこちに出掛け、いつ帰ってくるのかもわかりません。少々厄介《やっかい》な手術もしましたし、少しは落ち着いてほしいと思うのですが。

その我南人の向かい側でノートパソコンのキーボードを叩《たた》いているのが、我南人の長男でわたしの孫の紺《こん》です。

大学講師を務めていたこともありましたが、今は著述業と言えばいいのですかね、物書きとして少しずつ世間様に名を知られてきたようです。エッセイや小説のお仕事も増えて、一家の主《あるじ》としての収入も確保出来つつあるようですね。変わり者や捻くれ者が多い我が家ですが、その中にあって常に冷静沈着、悪く言えば容姿も含めて目立たない地味な男と言われています。それでも、その普通さが我が家の土台を支えているのですよ。

縁側の向こう、庭で賑やかな声がしますね。二人の小さな女の子と遊んでいるのは、同じく孫で紺の弟の青です。そこらのファッションモデルさんが裸足で逃げ出すほどの見栄えの良さは母親譲り。旅行添乗員をしていた時期もありましたが、今は古本屋をすずみさんと一緒に裏から支えています。この子の所謂《いわゆる》サブカルチャーの知識はそれはもう大したものなのですよ。

実は青は、姉弟の中で一人母親が違います。青の産みの母親は、これが日本を代表する女優である池沢百合枝《いけざわゆりえ》さん。父親である我南人はそれを家族にまで二十何年間も隠し続けていました。まぁいろいろと揉めることもありましたが、今はすっかり落ち着いて、青も池沢さんとは毎日のように顔を合わせています。

庭で青と犬とおいかけっこをしてご機嫌な二人の女の子は、紺の長女のかんなちゃんと、青の一人娘の鈴花《すずか》ちゃん。同じ日に産まれて次の誕生日で三歳になるいとこ同士ですね。

性格の違いもはっきりしてきた二人ですが、仲の良さは相変わらずでいつも二人一緒にいないと気が済みません。その代わり、二人でいればどちらかのお父さんお母さんが傍にいなくてもまったく平気なのでとても助かってますね。

咽《のど》も渇いたでしょう。カフェの方で飲み物などいかがでしょうか。

カウンターの中でコーヒーを落としているのが、孫で我南人の長女の藍子《あいこ》です。大学生の時分に教授だったすずみさんのお父上と恋に落ち、所謂シングルマザーとして娘の花陽《かよ》を育ててきました。すずみさんがこの家にやってきたときには色々ありましたが、今では藍子も花陽もすずみさんも家族として仲良くやっています。ご近所だったイギリス人で日本画家のマードックさんと結婚して、二人はすぐ隣の〈藤島《ふじしま》ハウス〉というアパートに住んでいますが、朝から晩までこちらにいるのは変わりありません。

その隣でパンケーキを焼いているのが、紺のお嫁さんの亜美《あみ》さんです。国際線のスチュワーデスをしていたのですが、それはそれはもう才色兼備の娘さんでして、何故《なぜ》あの地味な紺と結婚したのかは堀田家最大の謎といまだに言われています。このカフェは我南人の妻である秋実《あきみ》さんが亡くなったときに、沈み切った家を何とか元気にするために、亜美さんの号令のもと造られたものなんですよ。まるで宝塚の男役の方を彷彿《ほうふつ》とさせる涼やかで凛々《りり》しいお顔は、怒ると鬼より怖いと言われていますが、失礼ですよね。

あら、聞こえてきましたね。騒がしくて済みません。

二階でギターを弾いているのは、紺と亜美さんの長男で研人《けんと》です。元気で心優しい中学生の男の子です。どうも祖父である我南人の影響を受けたらしく、近頃は暇さえあればギターを抱え、ああして歌ったり曲を作ったりしているようです。曾祖母の贔屓目《ひいきめ》かもしれませんが、我南人よりも歌が上手《うま》いのではないかと思いますよ。

あぁ、今二階から下りてきて、かんなちゃん鈴花ちゃんと遊び出したのは、藍子の娘の花陽です。いよいよ高校受験を控えて勉強漬けの毎日です。将来は医者になりたいと言い出しまして、本人も必死で頑張っているようですよ。かんなちゃんと鈴花ちゃんと同じように、花陽と研人もやはりいとこ同士なのですが、産まれたときからずっと一緒にいますから、お互いに姉と弟と思っているようです。

ちょうど良いところに帰ってきましたね。家の裏の玄関から二匹の犬と一緒に入ってきたのは、藍子の夫であり花陽の継父、マードックさんです。日本の古いものが大好きで、大学生の頃からずっと日本で暮らしています。日本画を始めとするその作品は、それなりの評価をいただいているようでして、近頃は大学で講演をすることも多いのです。日本語はぺらぺらですから、講演はお手の物ですよね。

家の中に走り込んでいって、猫たちと遊び出した犬を捕まえて足を拭いているのは、わたしと勘一にとっては妹同然のかずみちゃんです。終戦当時に戦災孤児として堀田家にやってきて家族の一員として暮らしてきました。その後は家を出て女医さんになり、長年無医村での地域診療のために頑張ってきましたが、今は引退して藍子たちと同じく隣の〈藤島ハウス〉に住んでいます。

毎度のことで苦笑いされている方も多いでしょう。家族を一通り紹介するだけでも一苦労ですね。何かしら複雑な関係もあってややこしくて本当に申し訳ありません。

あら、忘れてました。にゃんにゃんわんわんと鳴いていますね。我が家の大切な一員、猫の玉三郎《たまさぶろう》にノラにポコにベンジャミン、犬のアキとサチも変わらずに元気です。猫の玉三郎とノラはそろそろ尻尾の先が分かれてもいいぐらいの高齢なのです。ひょっとしたらもうとっくに分かれていて、隠しているのかもしれませんね。

最後に、わたし堀田サチは、数年前七十六歳で皆さんの世を去りました。

このいつも騒がしい堀田家に嫁いできて、楽しくも心穏やかに日々を過ごしてきました。幸せで満ち足りた人生でしたと皆に感謝して眼を閉じたのですが、気がつけばこうして今もこの家に留《とど》まっています。孫や曾孫の成長を人一倍楽しみにしていたせいでしょうかね。どなたの計らいなのかはさっぱりわかりませんが、こうして家族と一緒に過ごせるのはありがたいことです。

実は、孫の紺は、わたしがまだこの家でうろうろしていることを知っています。小さい頃から人一倍勘の強い子だったせいでしょうかね。ときたまに仏壇の前に座り、ほんのひとときのことなのですが、わたしと会話をすることもあるのです。そして紺の息子の研人も、わたしの存在を感じとって、一瞬ですが見えることもあるようです。そのときにはいつもこっそり、皆に気づかれないように微笑《ほほえ》んでくれますよ。

そうそう、研人の妹のかんなちゃんにもどうやらその血が受け継がれているようで、傍を通りかかったりすると不思議そうな顔をするのですよ。そのうちにお話しできたら楽しいと思うのですが、どうなるでしょうね。

相済みません。またご挨拶が長くなってしまいました。

こうして、まだしばらくは堀田家の、〈東京バンドワゴン〉の行く末を見つめていきたいと思います。

よろしければ、どうぞご一緒に。

冬

雪やこんこあなたに逢《あ》えた

一

昨晩わずかに積もった雪は朝には融《と》けてしまいましたが、ここ一日二日は本当に冷たい風が吹いています。もちろん北国の方からすれば、こんなのは寒さのうちに入らないと言われてしまうのでしょうけれど。

花陽がかんなちゃんと鈴花ちゃんに教えてあげて、一緒に庭に突き刺した細竹の先のミカンにはオナガがやってきて啄《ついば》んでいましたよ。冬の間、少ない餌の代わりになってくれるでしょうし、こちらの眼も楽しませてくれるのですから、まさしく一石二鳥の嬉《うれ》しい季節の風物詩です。かんなちゃんと鈴花ちゃんも小鳥がやってくるのをじっと縁側で見張ったりしていました。

そういえば我が家の猫たちも四匹が縁側にずらっと並んで、小鳥がミカンを啄んでいる様子をじっと見ていることがあるのですよ。ガラス戸の向こうには行けないとわかっていながらも、つい前脚がひょいと動いてしまうこともあって、思わず笑ってしまいます。猫と違って犬たちは小鳥にはあまり興味が湧かないようで、ちょっと首を傾《かし》げて外を見たりもしますが、すぐにどこかへ行ってしまいます。

十二月になると、なぜか気忙《きぜわ》しくなるのはどこも一緒ですね。特にこの辺りは小さいながら商店街もありますので、クリスマスの支度や年末の大売り出し、お正月の準備と一気に賑やかに華やかになっていきます。

世の中は不況だなんだと明るい話題はなかなか聞こえてきませんが、人様に物を売る側の人間が顔を顰《しか》めていてはいけませんね。我が家も儲《もう》からないとはいえ古本屋とカフェを営む商売人の端くれ。精一杯の支度をしてお客様に喜んでいただいて、笑顔で一年を締めくくってもらうために皆が忙しく働いています。

花陽と研人も学校が冬休みになりましたから、いつものようにお店のお手伝いやかんなちゃん鈴花ちゃんの面倒も見てくれています。やたらと家族が多くて大変なこともある我が家ですが、猫の手も借りたい師走《しわす》にはちょうどいいですよ。

この冬、つい先日のことですが、勘一の妹である淑子《よしこ》さんが亡くなってしまいました。故人とアメリカのご家族の意思でお葬式は向こうで行われ、勘一は病室で手を合わせて最期のお別れをすることしかできませんでした。

皆が勘一のことを心配したのですよ。気丈な人とはいえ、最愛の妹を自分の手できちんと送ってあげられなかったことでがっくりくるのではないかと。けれども、禍福《かふく》はあざなえる縄の如しというのは本当です。悲しいこともあれば、嬉しいこともあるのですよ。

以前から交際していた、亜美さんの弟である修平《しゅうへい》さんと、我が家とは少なからず縁のあった女優の折原美世《おりはらみよ》さん、本名三迫佳奈《みさこかな》さんの結婚式があったのです。二人のたっての希望で、青とすずみさんの結婚記念日でもある十二月二十日の佳《よ》き日に、勘一の幼馴染《おさななじ》みである神主の祐円《ゆうえん》さんの神社で執り行われました。

そりゃあもう、良いお式でしたよ。今では人気女優になった佳奈さんですからマスコミには一切漏らさず、本当に身内だけの挙式でした。

亜美さんのご実家である脇坂《わきさか》家の皆さんはもちろん、我が家もお二人の希望で全員出席させていただきました。そうそう、埼玉のおばちゃんこと智子《ともこ》さんも久しぶりに顔を出してくれました。

実は佳奈さんのお家と我が家、特に紺は少しばかり悲しいご縁で繋《つな》がっていました。佳奈さんのお姉さんが紺とは高校の同級生で、その時期に若干のごたごたがあったのですよね。佳奈さんと紺はわだかまりもすっかり解けていたのですが、これを機にと、両家は改めて顔を合わせました。親戚筋になるのだからと杯を重ね、今後ともよろしくお願いしますと頭を下げ合いました。

もちろん、過去は今に続いています。簡単に笑い話にできることではありませんから、胸の奥に小さな何かは残るでしょう。けれども、それもこれもひっくるめて人生なのですよね。いつか、これが最初の一歩になって、本当に心の底から笑い合える日が来ると信じましょう。

お目出度《めでた》いことがもうひとつ。近所の小料理居酒屋〈はる〉さんの真奈美《まなみ》さんに赤ちゃんができて、勘一はご主人で板前のコウさんから名付け親を頼まれました。予定日は来年の八月でしょうか。勘一はああいう人ですから誰にも何も言いませんが、今から帳場でそっと本を広げてうんうん唸《うな》ると思いますよ。何せ古本屋ですから、命名や字画などその手の本もたくさんありますからね。

そんな十二月。

修平さんと佳奈さんが新婚旅行に出掛けて、クリスマスまではあと二日。相も変わらず堀田家の朝は賑やかです。

ただでさえ賑やかな上に、居間の隅にはクリスマスツリーが飾られて、縁側のガラス戸にはサンタさんやトナカイのシールが貼られたり、クリスマスの飾り物が本当に盛り沢山で楽しい雰囲気になっています。可愛《かわい》い孫にと毎年のように脇坂さんが買ってくれるお蔭《かげ》で、我が家はこういうものが随分増えましたよ。脇坂さんのご趣味なのでしょう、外国製の物がたくさんありまして、亜美さんなどはきれいに保管しておいてそのうちにお店で売りたいわ、などと冗談交じりに話していました。一応古物商ですから売り物にできないこともないでしょうけどね。

いつものように台所ではかずみちゃんに藍子に亜美さんとすずみさん、女性陣が朝食の支度をしていて、それをマードックさんと花陽が手伝います。マードックさんは本当に料理が好きなんですよね。このままカフェの主になってもらってお料理をもっとたくさん出してもいいのではないかと思うほど。

居間の真ん中に鎮座する欅《けやき》の一枚板の座卓は、大正時代からずっとここにあると聞いています。何でも当時の腕自慢の棟梁《とうりよう》が自ら作った一品だとか。下に潜って裏を見ると、その方のお名前も入っています。大人数の我が家が全員揃って食事ができるのですからそれはもう便利なものですが、一枚板だけに重くて重くて、お掃除のときに移動させるのが大変です。

上座にどっかと座り新聞を広げているのは勘一、その向かい側にはワールドツアーも終えしばらくはのんびりすると言っている我南人。かんなちゃんと鈴花ちゃんは、研人と一緒に座卓に醤油瓶《しようゆびん》を運んだり、お箸を並べたりしていますよ。

何をするにも一緒にしないと気が済まない二人です。お箸を並べるときも、一人が一本ずつ笑いながら楽しそうに並べています。

座卓には、まだ自宅のマンションの改装が終わらずに、隣の〈藤島ハウス〉で寝泊まりしている藤島さんもついています。六本木ヒルズにIT関係の会社を構える社長さんですが、古書が大好きで我が家の常連になって何年経ちますかね。あれこれとご迷惑を掛けたりしていますが、嫌な顔ひとつせずにこうして一緒に過ごしてくれています。すっかり居間の風景にも馴染んでしまっていますから、このままお隣さんになってもいいような気もするのですが、どうするのでしょうか。

隣の仏間から、カバーを新しくした座布団を紺と青が持ってきて、皆の座る位置に置いて回っています。今度のは落ち着いた茶色なのですね。

白いご飯につみれの入った具沢山のおみおつけ、きれいな彩りなのはウインナーとカリフラワーのいり玉子でしょうか、裏の左隣のお豆腐屋杉田《すぎた》さんの真っ黒な胡麻《ごま》豆腐はすっかり食卓の定番になりました。緑のものは青梗菜《ちんげんさい》の生姜《しょうが》おひたし、冬瓜《とうがん》と鶏肉の炒《いた》め物は昨夜の残り物です。焼海苔《やきのり》に納豆《なっとう》とお漬物は白菜の浅漬け。かんなちゃんと鈴花ちゃんの大好物であるちくわと胡瓜《きゅうり》のマヨネーズ和《あ》えもありますね。

皆が揃ったところで「いただきます」です。

「今年のぉサンタさんは何を持ってきてくれるのかなぁあ」

「花陽ちゃんその服カワイイわね」

「けんとにぃ、ちくわあげる」

「あ、やばい、杵《きね》と臼《うす》まだ洗ってなかったよ」

「じいちゃんそれ、オレに言ってるの？」

「Christmas の menu、きょう、きめちゃおうと、おもうんですけど」

「そういえばぁ、今夜のライブに龍哉《たつや》くんもぉ顔を出すって言ってたねぇ」

「ちくわ！」

「智子おばちゃんがくれたんだよ」

「けんとにぃはいいよ、かんなちゃんが食べなさい」

「すずかはふじしまんにあげる」

「真奈美ちゃん今日来るけど、コウさんにも来てもらう？　メニューの相談に」

「サンタさんぅ、ちくわでいいのぉお？」

「おい、タバスコあっただろ。持ってきてくれよ」

「龍哉さん!?　演奏もしてくれるの!?」

「午前中に洗っちゃうか。天気いいし。そのまま昭爾屋《しょうじや》さんに持っていこう」

「ふじしまんにくれるの？　でも鈴花ちゃん食べないの？」

「タバスコですか？　ちょっと待ってください」

「智子おばちゃんオレにも服くれたけどさ、ちょっとねーあの柄は」

「演《や》るよぉお、ナリちゃんと仲が良いしねぇえ」

「あら、このお漬物味がいいじゃない。ゆずが入っているのね」

「カフェの天井のライトも掃除しなきゃな。少し角度とか変えた方がいいよね」

「贅沢言うんじゃありません」

「旦那《だんな》さん！　どうして胡麻豆腐にタバスコかけるんですか！」

「毎日ゴマの味じゃあ豆腐だって嫌だろうよ。旨《うま》いんだぞこれが」

何を言ってるのでしょうかこの人は本当に。冗談ではなく本当に美味《おい》しそうに食べているから困ったものです。昔っから食べ物に関しては変なことをする人でしたからもうどうにもなりませんね。

ライブの話をしていましたが、先日カフェで我南人がアコースティックライブというものをやったのです。それが意外に好評でして、それ以来一ヶ月に一、二度ほど、我南人の仲間の方がやってきてはお店でギターやアコーディオンなどを弾いて歌っているのですよ。その日だけは一旦お店を閉めた後に、夜の八時ぐらいからライブのためにカフェを開けるという風にしています。

我南人はまだそれなりに稼いではいますが、お仲間の中には実力はあるにもかかわらずなかなか音楽で稼げずにいる方も多いとか。今夜のライブを行うナリちゃんというギタリストさんも、そんな方のようですよ。

「そういえば、堀田さん」

藤島さんです。この頃、鈴花ちゃんとかんなちゃんは藤島さんのことを〈ふじしまん〉と呼ぶのですよね。皆も面白がって、花陽などは〈フジシマン〉というオリジナル変身ヒーローの絵を描いていました。花陽は画家である藍子譲りで絵が上手いんですよね。

「先日結婚式でお会いした智子さんというのは、秋実さんの妹さんなのですか？」

「ん？　会うのは初めてだったか？」

勘一が答えます。

「お名前は以前から伺っていたのですが、お会いしたのは初めてです」

そうでしたか。埼玉に住んでいますからときどき我が家に顔は出してくれるのですが、藤島さんとはタイミングが合わずにいたのでしょうか。お茶を飲んでいた我南人が口を開きました。

「秋実はぁ、身寄りがいなかったからねぇ。智子ちゃんは同じ施設で育った妹同然の子なんだぁ」

「同じ施設」

うむ、と勘一が頷《うなず》きました。

「年は、秋実さんより二つ下だったかな。同じ時期にその施設にやってきてな。二人でずっと一緒に頑張ってきた、まぁ家族同然の間柄だったのよ」

そうでしたね。もう五十年近くも前、秋実さんが初めて我南人と一緒に我が家にやってきたとき、心配して電話を寄越《よこ》したのも智子さんでした。

「智子ちゃんはねぇ、今はぁ、自分が育った施設をぉ自分でやっているんだぁ」

「経営者なのですか」

「そうだねぇ。園長さんでさぁ、秋実との思い出が詰まった場所をぉ、ずっとずっと守っていてくれるんだぁ。事情のある子供たちをたくさん抱えてぇ頑張ってるよぉお」

秋実さんの妹同然ならばわたしたちにとっては親戚同然の智子さん。藍子や紺や青などは、我が子のように可愛がってもらいました。

「そういうこった」

勘一が後ろを振り返って、仏間の壁に掛かる秋実さんの写真を見ました。

「俺らもな、せめてものお手伝いってことで施設の中に図書室を造らせてもらってな。そこに古本を納めさせてもらってるぜ」

古本屋の協会にも入らず、ネット販売もしていない一匹狼の我が家ですが、実はたくさんのところに古本を卸しています。主にそういう児童養護施設や老人ホームといった、予算がほとんどないところにです。利益は交通費で消えてしまうようなものですが、たくさんの人たちに本を読んでもらいたいという気持ちはどこの誰よりも強いですからね。

朝ご飯が終わるとそれぞれに一日が始まります。

かずみちゃんは朝ご飯のお片付けの洗い物や、お部屋の掃除。動いていないと身体が鈍《なま》ると言って自分一人でやってしまいます。出勤準備のために隣の〈藤島ハウス〉に戻る藤島さんを、かんなちゃん鈴花ちゃんがお見送りします。「ふじしまーん！　いってらっしゃーい！」と大きな声で言うので、藤島さんはいつも照れくさそうです。済みませんね本当に。

カフェでは藍子と亜美さんがカウンターに立ち、マードックさんがランチタイムの仕込みを手伝ってくれます。かんなちゃん鈴花ちゃんはお店のテーブルの間をうろうろして、やってきた常連さんたちにご挨拶するのがすっかり習慣になってしまいました。

今日も亜美さんが引き戸を開けると、近所の常連さんがもう待っていてくれます。

「おはようございます！」

「はい、おはようさん」

朝も早くから来てくれるのは出勤途中のサラリーマンの方もいらっしゃいますが、やはりご近所の一人暮らしのお年寄りが多いのですよ。わたしも顔馴染みの方ばかりですが、毎年のように一人減り二人減るのは淋《さび》しいものです。

一人の朝ご飯は侘《わび》しいとモーニングのお粥《かゆ》セットを毎日食べに来てくれて、かんなちゃん鈴花ちゃんの笑顔が見られるのが本当に嬉しいと皆さん仰《おつしや》ってくれるのです。そういう意味ではカフェの看板娘は、藍子や亜美さんに代わってすっかりこの二人になってしまいました。

かんなちゃん鈴花ちゃん、テーブルからテーブルへ回って座っておばあちゃんおじいちゃんの話し相手になったりします。二人とも随分と言葉を覚えるのが早くおしゃまさんなのですが、ひょっとしたらこのせいかもしれませんね。

勘一がどっかと古本屋の帳場に腰を据えると、こちらはまだまだその座が揺るがない古本屋の看板娘であるすずみさんが熱いお茶を持ってきます。

「はい、旦那さんお茶です」

「おう」

毎朝のことですが、ここでいつも、祐円さんが現れるのですよね。ご老人には規則正しい生活をする方が多いですが、この二人はもう何十年もこのタイミングですよ。からん、と土鈴《どれい》の音がして戸が開きます。

「よっ、おはよう勘さん」

「おはようさん」

近所の神社でずっと神主をやってきた祐円さん。つるつるの坊主頭にふくよかなお顔で、神主というよりお坊さんという雰囲気です。今は息子の康円《こうえん》さんに跡目を継がせて、悠々自適の毎日です。勘一とは同い年なのですが、このように身体も心も変わらず元気です。

祐円さん、そこらにある古い雑誌をひょいと取り上げて、いつものように帳場の横に腰掛けます。

「すずみちゃん相変わらず可愛いね」

「祐円さん、コーヒーでいいですか？」

軽口もいつものことですのでさらりと流されます。

「いや、今日はお茶がいいかな。出涸《でが》らしでいいからさ」

「てめぇにゃあ出涸らしでも上等ってもんだろうが」

すずみさんが笑って頷きます。もちろん出涸らしなんか出しませんよ。

「よぉ我南人、おはようさん」

カフェにコーヒーを貰《もら》いに行ったようですね。マグカップを持って通りかかった我南人が祐円さんに呼ばれます。

「相変わらず元気だねぇえ、祐円さんもぉ」

当たり前ですが、我南人が産まれた時から知っている祐円さん。それこそ抱っこされたり遊んでもらったりしていました。よく神社の境内で悪戯《いたずら》をして祐円さんに怒られたりもしましたよね。

「ところでなんだいあそこ、不格好じゃねぇか」

祐円さんが指差したのは、本棚です。店に並ぶ本棚はもちろん全て開業当時のままのもの。相当に腕の立つ大工さんがいい材料で作っていますので、百年以上経った今でも軋《きし》みもしていません。上から六段の横板があり、二つに区切られています。見た目には横長の長方形の箱が合計十二個あるように見えますかね。その棚が縦に三本並んで一列になっています。

祐円さんが指差した壁際のいちばん奥の棚のいちばん下、六段目の右側の一角からごっそり本がなくなっています。勘一が、あぁ、と頷きました。ちょうどお茶を持ってきたすずみさんもそれを見て言いました。

「昨日の夜ですよね。閉店間際に」

「あそこの棚の一角に入っていた本をな、ごそっと持ってきやがってよ。これ全部ください と来たもんだ」

へぇ、と祐円さんと我南人が改めてその空いている棚を見ました。

「酔狂《すいきよう》な客もいたもんだね。揃いで買わなきゃならない本でも入っていたのかい」

「そうじゃないんですよ」

すずみさんが言いました。

「ほとんどバラバラです。あそこは現代作家の本が入っている棚で、合計十四冊」

「へぇえ」

「なんだぁ？　と思ってよ。全部読むんですかいって訊《き》いたら真剣な顔で『読みます』ってな。まぁ別段おかしな様子もなかったから売ったんだけどよ」

閉店間際だったので補充しないでそのままにしていたのですよね。すずみさんがさっそく帳場の後ろの棚から何を補充するかを選び始めました。

「どんな野郎だったのよ。勘さんがそうやって思ったってことは素人《しろうと》の〈セドリ〉擬《もど》きじゃねぇんだろ」

「ありゃあ違うな」

勘一が煙草を吹かしながら頷きました。

「年の頃なら三十後半か。見た目はどうってことない普通のおっさんよ。悪く言やぁ腹の出てきた中年男だな」

「普通のサラリーマンって感じでしたよね」

「じゃあただの本好きかよ」

「いや、そうじゃねぇな。根っからの本好きにはよ、ただ本を見て回るのにもそんな雰囲気が漂うものよ。でもそいつにはちっともそれが感じられなくてよ」

「けっこう長い間店の中をうろうろしてましたよね。じーっと棚を見つめ出したかと思うと何か急に思いついたように買っていきましたから」

すずみさんがちょっと首を傾げました。古本屋にはいろんな方がいらっしゃいますよ。明らかに不審な場合はちょっと事情を伺ったりもしますが、その方は普通のお客さんだったのでしょうね。棚ひとつ空けていくというのはさすがにあまり見ませんが。

「ま、何にせよ商売繁盛でいいこったな」

祐円さんがからからと笑います。

「まぁな」

「それより、あの人ですよね気になるの」

すずみさんが言いました。

「なんだよあの人って」

「最近、本を一冊ずつ売りに来る人がいるんですよ」

「ふぅうん。そんな人がいるんだぁあ」

「いいことじゃないかいやっぱり商売繁盛で」

そうでした、確か前田《まえだ》さんと仰いましたね。

「あの男なぁ」

勘一も腕組みして頷きます。

「変な男なのかい」

「いや、そいつもまぁごく普通のサラリーマン風のなぁ、五十絡みって感じの男なんだが」

勘一がひょいと手を後ろに伸ばして、棚から本を一冊大事そうに取り出します。

「こいつもな、昨日だったか。そいつが売りに持ってきたんだよ」

「こりゃまた古いな」

覗《のぞ》き込んだ祐円さんも我南人も驚きます。すっかり黄ばんではいますがしっかりとした体裁《ていさい》。『カフェYAMANEKO』と右から左にタイトルが書かれていて、表紙絵はその名の通り、山猫のような姿をした若い女性の絵です。当時としてはかなり扇情的だったのではないでしょうか。今なら単なるコスプレとか言われるのでしょうね。赤と黄色のコントラストが今でもお洒落《しゃれ》だと感じます。

「文芸誌か？」

「なかなかお洒落だねぇえ、これ」

「大正六年に洛陽堂発行のな。その当時の銀座にあったらしいカフェが制作した文芸誌だな。ほれ、中もこの通り大したもんだ」

勘一が目次を開いて見せますと、そこには永井荷風や志賀直哉の名前もありますよ。

「凄《すご》いじゃないか」

「きっとその頃のよ、尖《とが》った文士たちの溜まり場で経営者もそれなりの人物だったんだろうよ。残念ながら記録にはほとんど残ってなくてな。これも発行されたのはこの一号きりで幻の雑誌って言われたもんよ」

「現存してるのはたぶん五冊もないですよね」

すずみさんが眼をきらきらさせて言います。今さら言うことではありませんが、本当にすずみさん、まだ若いのに変わった娘さんですよね。こと古本の話になると眼の色が変わります。

「これをその前田って中年男が持ち込んだのかい」

「おうよ」

頷いて顔を顰めて、勘一が煙草を吹かします。

「普通のな、愛想の良い親父《おやじ》でよ。買い取りなんで免許証確認したら名刺までくれてな。どこにもおかしな素振《そぶ》りはねぇしこの本も家の屋根裏部屋に眠っていたって言うんでよ。そうなりゃあこっちはいそうですかとありがたく買い取るしかなくてよ」

なるほど、と祐円さん頷きます。

その前田さん、ここのところちょくちょく顔を出して一冊ずつ本を持ち込むのですよね。そうしてそのお金で古本を購入して帰っていきます。まぁ確かに本当にありがたいお客様なのですけど。

「何で一冊ずつ持ってくるんだいまとめりゃいいものを」

「何でもな」

勘一が煙草の灰をポンと灰皿に落とします。

「家を改装するってんで一人で整理をしてるんだってよ。それがかなり散らかった様子らしくてな。どこかを整理する度に古本がちょこちょこ出てくるとか言ってよ」

「ここの雰囲気が気に入ったから、通うために小出しに持ってきますって言ってくださっているんですけどね」

すずみさんがちょっと顔を顰めました。これですずみさん、紺に匹敵するほど勘が鋭いのですよね。確か競馬の予想も九割方的中するとか以前に青が言ってましたよ。

「なにか、ちょっと引っ掛かるんですよねー」

まぁだからと言ってむやみにお客様を疑うわけにもいきません。しばらくは様子を見ることになるのでしょう。


庭で、紺と青が臼と杵を物置から出してきて掃除をしていますね。二丁目の和菓子屋昭爾屋さんに毎年頼まれるお餅つきのためのものです。

もう先々代の頃からずっと続いている恒例の餅つき大会はこの界隈《かいわい》の名物です。二十七日には我が家や昭爾屋さんにある杵臼を使って、ご近所の皆さんがたくさん集まって皆でお餅をつくのです。あんこや納豆やずんだ、おろし餅なども美味しいですよね。子供たちは毎年本当に楽しみにしていますよ。

「今年もこんな季節になったなぁ」

紺が言うと青も頷きます。

「ばあちゃんが随分張り切っていたよね。餅つきになると」

「あぁそうだった」

あらそうでしたかね。確かにお餅は大好きでしたけどそんなに張り切っていましたか。

「ばあちゃんとじいちゃんの掛け合いがいちばん迫力あったよ」

さすがにもう勘一は杵を振り上げるのは遠慮していますが、若い頃は一人で全部のお餅をつく勢いでやっていましたっけ。

杵臼をきれいにすると、青が物置からリヤカーを引っ張ってきました。何年か前に研人が学校のバザーで使うためにマードックさんにきれいにしてもらったものです。さすがに紺と青も杵臼を手で持ち運ぶのは辛《つら》い年齢になってきましたか。リヤカーに積んで昭爾屋さんまで持っていくのでしょう。

「パパ！」

縁側のガラス戸が開いて、中から元気の良い声が二重奏で響きました。かんなちゃん鈴花ちゃんに見つかってしまいましたね。二人の相手をしていたのでしょう、後ろでかずみちゃんが笑っています。

二人はお父さんのことはパパと呼びますが、それぞれのおじさんのことは、あおちゃん、こんちゃんと呼びますよ。誰に教えられたわけでもないのですが、花陽や研人がそうですから自然にそうなったのでしょうね。

「一緒に行くって言ってるよ」

かずみちゃんが言います。

「すぐ帰ってくるよ？」

青が苦笑いして言いますが、二人はそんなの聞きませんよね。もう玄関まで走り出しています。きっとリヤカーに乗せろと言い出しますよ。

「ちゃんと服を着ないと風邪《かぜ》引いちゃうよ！」

言いながら紺が家の中へ入っていきました。

姿が見えませんが、いよいよ高校受験が近くなってきた花陽はお部屋で勉強でしょうかね。医者になるという目標を立てて頑張っています。元々真面目《まじめ》な性格の子ですから、きっと大丈夫だとは思いますが、根を詰めるのだけは心配ですね。皆が少しずつ体調に気を配ってあげています。

研人はまた我南人の部屋でヘッドホンをしてエレキギターを弾いているのでしょう。そうそう、研人も花陽に気を使っているのか、近頃はお休みの日に部屋に友達を呼ぶことも少なくなりました。

いつの間にか我南人の姿が消えているのはいつものことですから誰も気にしません。六十をとうに過ぎたというのに、相も変わらず毎日ふらふらしてどこに行っているのかわからないのは困ったものです。寒いのですから、風邪を引かないように暖かい格好をして出掛けてほしいものですよ。

それでも今は携帯電話を持つようになりましたから、皆も少し気が楽ですよね。

二

午後になって、急に陽射しが強くなりました。

縁側から差し込むお天道《てんと》さまで家の中は随分ぽかぽかと暖かいですね。猫のベンジャミンにポコ、ノラに玉三郎は、夏の暑い時期には四匹が思い思いに涼しい場所でのんびりしているのですが、今は皆が縁側で寝そべっています。玉三郎とポコは勘一が縁側に置いた座布団の上で伸びていますね。あらなんですか、花陽も一緒になって寝ころんで、猫の肉球なんかを触っています。休憩中ですか。

犬のアキとサチは、犬のくせに猫たちに遠慮するのですよ。縁側を歩くときも猫たちのお昼寝の邪魔にならないようにと慎重に歩いたりするのがおもしろいのです。それでもたまに犬の本能なのか、「ワン！」と一声いい声で吠《ほ》えると、四匹が一斉に顔を上げて「うるさいな」と言わんばかりに見たりします。

裏の玄関がからからと音を立てて、「こんにちは」という小さな声が聞こえました。花陽が顔を上げて、居間にいた紺が立ち上がる前に、アキとサチが我先にとお出迎えに走っていきました。

〈はる〉さんの真奈美さんとコウさん、それに池沢百合枝さんも一緒にやってきました。小さな声だったのは、この時間はかんなちゃん鈴花ちゃんがお昼寝していることが多いからですね。その通り、二人は二階ですやすやと眠っています。研人が同じ部屋で漫画を読んでいますから、起きたらすぐにわかります。

「真奈美さん、どう？　具合は」

「ありがと。大丈夫」

真奈美さん、つわりがひどいのですよね。あれは体質によるというのでどうにもなりません。我が家の女性陣はどういうわけか、わたしも含めて皆がほとんど苦しみませんでしたっけ。

「今、藍子と亜美が来るから」

赤ちゃんが産まれるのはまだ先なのですが、今のうちに我が家にある赤ちゃんの服や、ベビー用品などを整理して、使ってもらえるものは持っていってもらうそうですよ。何せ我が家にはかんなちゃんと鈴花ちゃん、二人分のものがたくさん残っていますからね。

産まれてくるのが男の子か女の子かはまだわかりませんが、赤ちゃんの頃はどちらでも同じようなものですから。

ついでに、毎年のことなのですが、クリスマスに美味しい料理を作ってくれるコウさんと、我が家のクリスマスのシェフであるマードックさんがどんな料理にするか打ち合わせをするとか。

青の産みの親で大女優でもある池沢百合枝さん。ここのところはすっかり女優としての活動は控えていらして、なんと〈はる〉さんでアルバイトをしているのですよ。真奈美さんのつわりのひどさが治まるまでという話でしたが、さすが女優さんというべきか、初日でお店の雰囲気にすっかり馴染んでしまいました。

もちろん、わたしたち以外のお客様には〈真奈美さんの親戚のおばさんの慶子《けいこ》さん〉というふうにしているのですが、お客様は皆それを信じているようです。それもやっぱり池沢さんの演技力の賜物《たまもの》なんでしょうね。

「いらっしゃい」

紺と二人で居間でお茶を飲んでいた青も笑顔で池沢さんを迎えます。二人の間に流れる空気はごく自然なものですが、長い間離れていた母子として二人で話し合うということはまだしていないようです。

勘一もその辺りは二人に任せようとしています。当人と言いますか、このような状況を作った我南人が相変わらず何も言わずにのほほんとしているのは、わたしからすると耳でも引っ張りたいところですがしょうがありませんね。

「よぉ、いらっしゃい」

勘一が休憩がてら居間に入ってきました。帳場には代わりにすずみさんが座っています。マードックさんも居間にやってきて、カフェには紺とかずみちゃんがついてくれました。大勢で暮らしていると大変なこともたくさんありますが、こういうときには本当に便利ですよね。

「コウさん、初めての子供にお古ってのは迷惑じゃねぇのかい」

「いえいえ、とんでもない」

コウさん、金髪にした髪の毛もすっかり馴染みましたね。

「私も小さい子供がいるような身内はいませんし、真奈美もそうですから本当にありがたいです。こんなご時世ですからね。倹約するところはしておかないと」

「まぁそうだわな」

元々は京都の一流老舗《しにせ》料亭で花板候補だったコウさん。その腕と真奈美さんの愛嬌《あいきょう》でお店はそれなりに繁盛はしていますが、どこも苦しいのは一緒です。特にコウさんは料理にはこだわりますので、原価計算が大変なのよと真奈美さんはいつも苦笑いしています。

「ところで堀田さん、昨日知り合いの蔵元からいい地酒が入りました」

「おっ、そうかい」

日本酒には目がない勘一ですからね。さっそく今晩お邪魔するかと話していたところに藍子と亜美さんが赤ちゃんのものをいろいろ運んできました。

「なんだかもう懐かしくなっちゃった」

赤ん坊の成長は早いですからね。小さいと思っている鈴花ちゃんかんなちゃんも、赤ちゃんのときの服を見るとこんなに小さかったのかと驚きます。

皆でわいわいと話していたところ、からん、と、土鈴の音がして古本屋の戸が開き、和服姿の女性が入ってきました。

「はい、ごめんなさい」

よく通る、でも少しハスキーな声が響きます。渋茶色の上品なストールを柔らかな動作でゆっくりと肩から外していきます。

「いらっしゃいませ」

帳場にいたすずみさんがにっこりと微笑みます。

「ご主人は？　今日はお留守なの？」

「あ、いえ」

すずみさん、ちょっと居間の方を振り向きました。お店での声は居間にも届きます。

勘一が腰を上げて戻ってきました。

「こりゃどうも、毎度様です」

女性に対する笑みを見せて、勘一が帳場に座ります。

「あらすみませんね。御休憩中でした？」

「いやいや、なんてことはないんで」

この方、お若い方はご存知ないでしょうけれど、女優の奈良勢津子《ならせつこ》さんです。池沢百合枝さんの先輩格の方なんですよ。若い頃から劇団を主宰して、多くの俳優さんを育て上げた奈良さんは今も演劇界の重鎮として活躍されています。池沢さんもその昔は奈良さんのところの劇団員でしたよね。

そして何といっても奈良さん、大層な読書家として世に知られているのです。本を紹介する番組をテレビやラジオで昔からやっていますし、エッセイもたくさん出されて、文庫本の解説などもたくさん書かれていますよね。

「何ですか急に寒いですね」

「いやまったく。何か温かいものでも飲みますかい」

「ごめんなさいね、じゃあ紅茶をお願いできますかしら」

勘一が頷いて、すずみさんがカフェにとととっと走って伝えます。かずみちゃんが何やら意味ありげな表情を見せてから頷きましたよ。

居間にいた池沢さんが声を聞きつけたのでしょうね。優雅な動きでお店の方に顔を出しました。

「奈良さん、お疲れさまです」

「あら、百合枝ちゃん来てたのかい」

にっこりとお互いに微笑みます。なんてまぁ豪華な組み合わせなんでしょうね。勘一をどかせばここだけ映画のワンシーンのようですよ。お二人に勘一を交えて世間話が始まりました。

あら何でしょう。居間で真奈美さんが首を伸ばして古本屋を窺《うかが》い、意味あり気に微笑んでいますね。ちょっと行ってみますと、小声で亜美さんに言います。

「奈良さん、あれからしょっちゅう来てるんでしょ？」

あぁ、それですか。亜美さんも小声で答えます。

「そうなのよ。なんだかもう毎日のように」

「本もたくさん買っていってくれるし」

藍子もさらに小声で微笑みます。そこに店にいてはお邪魔と思ったのかすずみさんもやってきて、四人で縁側の方に寄って行きながら、まぁなんでしょう井戸端のひそひそ会議ですか。マードックさんと青とコウさんは苦笑いですよ。

仕方ありませんね。近頃の我が家ではもっぱら〈何故奈良さんは足しげく我が家にやってくるのか〉が話題の中心です。

「これはもう確定よね」

　真奈美さんです。勘一が奈良さんと初めてお会いしたのは〈はる〉さんなんですよね。奈良さんは池沢さんが店を手伝っていると聞いてやってきて、そこでお酒を飲んでいた勘一と顔を合わせました。

「サチさんには悪いけど、勘一さんもまだ元気なんだしもう一花」

「おじいちゃんに限ってそれはないわ。おばあちゃん一筋の人だし」

　藍子が言うと、亜美さんが頷きます。

「でも、仕方なく相手してるって感じでもないのよね。おじいちゃん意外と嬉しそうで」

「へぇぇえ、そうなのぉお？」

　背中の方からいきなり声が響いて、皆がぴょんと飛び上がりましたよ。いつの間に帰ってきたのか、我南人がすずみさんの後ろにしゃがみこんでニヤニヤ笑っているじゃありませんか。どうしてこの男は普通に現れることができないのでしょうか。

　男性陣も苦笑いしてますからあれですね、我南人が裏の勝手口からでも入ってきて皆に黙っていろと目配せでもしたんでしょう。

　でも女性陣も慣れたものです。すぐにあぁまたかという顔で話を続けます。

「そうなんですよお義父《とう》さん」

すずみさんです。

「奈良さんさすがって感じで、本に対する知識量が半端じゃないんですよね。それに年齢も旦那さんに近いので昔の話もできるし」

そうでしょうね。正確なところはわかりませんが、確か奈良さんはもう七十を越えたはず。池沢さんがとても六十過ぎに見えないように、奈良さんもまだまだ若々しいのですよ。やはり人様に見られるというのがそうさせているのでしょうね。頭の回転はもちろん、女優さんらしくお姿も立ち居振る舞いもしゃっきりとしています。

「まぁ再婚なんてことはまずないだろうけど」

藍子が言います。

「ちょっと嬉しい。おじいちゃん、淑子さんもいなくなっちゃってやっぱり少し沈んでいたし」

「そうよね」

亜美さんもすずみさんも、真奈美さんも頷きました。

「このまま良い話し相手になってくれればね」

それは確かにそうでしょう。でも、わたしが言うと何かやっかんでるように聞こえますが、勘一はあれできちんとされた女性にはとことん優しいのですよ。奈良さんだけに特別優しく接しているわけではないように見えますけどね。

「ふぅうん、そうかぁあ」

言いながら我南人はお店の方を振り返ります。

「確かぁ、奈良さんてぇ、劇団の主宰者だったよねぇえ」

「そうですよ。〈新芸会〉ですね」

亜美さんが答えました。歴史ある劇団ですよね。わたしも詳しいことはわかりませんが、日本では古参の部類に入る劇団ではないでしょうか。奈良さんがまだ二十歳そこそこの頃に立ち上げて、昭和という激動の時代を乗り越え数多くの人気俳優さんを輩出しています。

そんなところにまた土鈴の音が鳴って戸が開きます。

笑顔で入ってこられたのは元刑事さんで常連の茅野《かや の》さんと記者の木島《き じま》さんじゃないですか。茅野さん、今日は黒い山高帽に同じく黒に赤い縁取りの鳶風《とんびふう》のマントですか。相変わらず元刑事とは思えないお洒落な格好です。木島さんはいつものよれよれのスーツにトレンチコートです。

「どうも、ご主人。寒いですね」

「毎度どうも―」

「なんだよ随分珍しい取り合わせじゃねぇか」

勘一が答えると、座っていた奈良さんも池沢さんも頭を下げます。池沢さんはもう何度も茅野さんと顔を合わせていますし、木島さんも見知ってますよね。

「なに、地下鉄の駅でばったり会いましてね。俺はすぐお暇《いとま》しますけどどうせなら顔だけ出しておこうと」

「今日は随分とお店が華やかですね」

「いつもは俺の顰《しか》め面《つら》しかねぇからな」

三人の軽口に池沢さんも奈良さんも微笑みます。

さらに戸が開いて、お客さんが一人、また一人と入ってきました。いつも空いているような古本屋ですが、こうして次々にお客さんがやってくることもたまにはあるのですよ。

池沢さんは頃合いと見たのか居間に戻ってきました。入れ替わりに真奈美さんが、〈はる〉さんのお客さんでもある奈良さんにご挨拶をしようと、お店に顔を出します。

店内に五、六人のお客様が入ると、勘一だけでは眼が届きません。すずみさんが店に戻ってきましたが、一瞬顔を顰めて勘一に目配せしましたよ。さて何でしょう。

あぁ、お客様の中にあの人がいらっしゃるのですね。棚一区画分の本を買っていった男の方ですよ。勘一がすずみさんに向かって少し顎《あご》を引いて合図しました。何がどう、というわけではないのですけど茅野さんも木島さんも二人の様子に気づきましたか。さすが元刑事と記者ですね。何かあったのかなという表情をします。

あら、勘一の口がちょっと開きました。件《くだん》の男性、今朝方すずみさんが補充したばかりのまた同じところの棚から本を抜き始めました。あっという間に全部を両手に抱えて、勘一のところに持ってきます。昨日の今日でまたもですか。

少しく話をしていた奈良さんも真奈美さんも立ち上がりました。真奈美さんは会釈《えしゃく》して居間に戻りかけ、奈良さんは立ち上がって本棚の間を歩き始めました。

「お願いします」

「はい、毎度どうも」

勘一が苦虫を嚙《か》み潰《つぶ》したような顔をしますが、これは何も訊けませんよね。ただお客様は本をたくさん買ってくれているだけです。何故一段丸ごと買うのかは確かに疑問なんですけど。

「全部でいいんですかい？」

「ええ、お願いします」

その方、多少緊張というか、若干焦っている風でもありますがおかしな挙動ではありませんね。早く買って帰りたいというお客さんなら普通の様子です。

「ひとつお訊きしますがね」

「はい」

「前も随分お買い上げいただきましたが、棚の肥やしにするんだったら家《うち》ぁ遠慮してもらうんですが、大丈夫ですかい。読まれるんでしょうな」

お客様、ちょっと怯《ひる》んだ風でしたけど、しっかりと頷きました。

「読みます。もちろんです」

勘一、うむ、と頷きます。

「しめて、九千と二百円ですな。たくさん買っていただいたんで二百円はまけときましょう。九千円で結構ですよ」

「あ、ありがとうございます」

その方はちょっと頭を下げて財布から一万円札を出しました。

「じゃあこれで」

「はい毎度あり」

勘一が千円のお釣りを渡し、袋に入れた本を手渡します。その方はちらりとお店の奥を窺うような視線を向けましたが、足早に去っていきました。勘一が眉毛をひょいと上げましたがお客さんがたくさんいらっしゃいますのでね。すずみさんに目配せだけしました。

「堀田さん」

「おう」

「俺はこれで。また顔を出しますよ。あぁ我南人さん、すいませんまた来ます」

木島さんがいつの間にかそこにいた我南人に向かってさっと手を上げて、足早に店を出ていきます。本当に顔を出しただけだったのですね。我南人も立ち上がってすたすたと歩き出します。

「ちょっとぉ、出掛けてくるねぇえ」

帰ってきたばかりじゃないのでしょうか。まぁいつものことですので誰も何も言いません。はいはいと頷きいってらっしゃいと手を振ります。

その後もまたお客様が続き、藍子が勘一のお茶を入れ替えに持って来たり、紺が帳簿を取りに来たりと、しばしの間、お店が賑わいます。

犬猫がたくさんいる我が家ですから、ベンジャミンやポコが足下をうろうろしたり、サチとアキがひょいと顔を出したりするのですよ。玉三郎とノラはよく窓の桟《さん》のところでお昼寝したりもしています。我が家のいつもの光景なのですが、犬猫が苦手な方にはちょいと入りづらいお店かもしれませんね。

でも、わたしの偏見かもしれませんが、古本好きの方に犬猫嫌いの方はあんまりいないような気がします。

小一時間ほど、古本屋もカフェも賑わったでしょうか。

真奈美さんたちは〈はる〉さんの開店準備に帰っていって、居間では紺がノートパソコンでパタパタと帳簿の整理をしています。青はかずみちゃんと花陽と一緒に、鈴花ちゃんかんなちゃんを連れて近所のショッピングセンターにお買い物です。ああいうところには二人を遊ばせる遊具がありますからね。

客足が途絶えたところで勘一が茅野さんを居間に誘って戻ってきました。

「成程《なるほど》ねぇ」

呟きながら茅野さん、お邪魔しますと座卓につきました。

「妙と言えば確かに妙ですね」

「そうだろう？」

何でしょうか。茅野さん、白手袋をした両手でうやうやしく古本を掲げるように持っていますよ。

「どうしたの？」

紺が訊きました。

「さっきまたあの前田って男が来てよ」

「あぁ。今度はどんな本？」

紺も頷いて、茅野さんが座卓の上に置いた本を取り上げました。

「ヘンリー・フィールディングの『An Apology for the Life of Mrs. Shamela Andrews』！」

紺が飛び上がるように驚きながらそっと開いて奥付を見ます。

「さすがに初版じゃあないんだ。でもこれはかなりの珍品だね」

「まったくよ。こんなのは家の蔵でしか見たことないぜ」

見たところ相当保存状態が良いようですがそんなに古い本なのですか。紺が顰め面をします。

「その人、確か屋根裏部屋を掃除していたら本が出て来たって言ってたんだよね」

「おめぇも気づいたか」

勘一が煙草に火を点《つ》けながら言いました。今は鈴花ちゃんもかんなちゃんもいないですからね。

「埃《ほこり》まみれの屋根裏部屋に放置されてたにしちゃあ、あいつの持ってくる本はどれもこれも完璧な保存状態よ。この本にしたってよ。ほんの二、三十年前の古本って言っても通用する状態じゃねぇか」

「そうだよね」

紺が頷きます。確かにこうして見ても、破れはもちろん汚れも焼けすらありません。紺がゆっくりめくっていますが、虫食いの跡もないようですね。これはもう温度管理のしっかりした場所できちんと保管されていたものでしょう。

ううむ、と茅野さんが腕を組みました。

「盗品、ですかね」

「うーん」

勘一が頭をがしがしと掻《か》きました。

「茅野さんはどう見たよあの男。そんなことやらかす男に見えたかい」

「そうですなぁ」

茅野さんはそのときに勘一とお店にいたのですね。

「まぁ人は見かけによらないっていうのは真実だと思うんですけど、ただ、あの前田って男には一切躊躇《ためら》いはなかったですね。ご主人に本を差し出すときも買い取りの金額の話をしているときにも。どこかにやましい気持ちがあれば必ず眼が泳ぐもんですが」

「あいつにはなかったよな」

「その通りで。もちろんプロならそんなことはないんですが、とてもプロの泥棒には見えませんでしたね。それに盗品をわざわざ一冊ずつ売りに来る理由がわかりませんよ。さっさと売っ払って逃げなきゃ拙《まず》いんですからね」

「そうなんだよなぁ、そこんところが引っ掛かっててよ」

確かにそうです。盗品を毎日のように売りに来る泥棒さんなんかいませんよね。うーんと紺も唸ります。

「こんな貴重な古本があるってことは、盗品じゃないにしても前田さんの家はそれなりに歴史ある家か、あるいは何らかの形で本というものに関係している可能性が高いってことだよね」

「そうさな」

「だとしたら、そこに何か理由があるのかもしれないね。わざわざ何日も掛けて売りに来る理由が」

そういうこった、と勘一が頷きます。

「どうですご主人、私が調べてみましょうか」

茅野さんが言います。一瞬眼がきらりと光ったのは気のせいでしょうかね。何といっても元刑事さんなのですから。

「住所も何もかもわかっているんですからね。楽なものですよ。向こうに気づかれないように探りを入れてみますよ」

「いやしかしよぉ」

勘一が躊躇うと茅野さん、笑います。

「引退して以来、毎日暇でしょうがないんです。昔取った杵柄《きねづか》ってやつですよ。任せてください」

「そうかい」

済まねぇなと勘一が手を軽く上げました。

「その前田さんはそれでいいとしても、もう一人の」

紺です。勘一も茅野さんもそれでわかって頷きました。

「〈棚男〉だな」

勘一が言いますが、なんですか棚男って。確かにあの人とかあの男じゃ話が面倒臭くなりますけど。

「一回だけならまだしも続けて二回、しかも同じところの棚の本を丸ごと買っていくっていうのは確実に何かあるよね」

紺が言います。でもいくら三人で額を突き合わせても想像も付きませんよね。単に変な買い方をするお客さんという可能性もあるのですから。

そこに、紺の携帯が鳴りました。几帳面な性格の子ですから家の中にいてもいつも携帯をポケットに入れてますよね。

「あれ、親父だ」

我南人からですか？　珍しいじゃありませんかあの子から電話が入るのなんて。何事かと紺は話し始めます。

「まぁよ」

勘一がそれを横目で見ながらお茶をぐいっと飲んで茅野さんに言います。

「あいつに関しちゃあ、仏の顔も三度までじゃねぇけどよ。今度来てまた同じ買い方したら、訊いてみるしかねぇだろうな。ありがたいですけど、なんでまたそんな買い方なさるんですかってな」

「そうですなぁ」

茅野さんも頷きます。そうするのがいちばんかもしれませんね。紺は何事か真剣な顔をして電話をしていましたが、そのうちにどこかへ出ていきましたね。我南人に呼び出されでもしたのでしょうか。

＊

〈食事は家族揃って賑やかに行うべし〉。我が家の家訓のひとつですから、晩ご飯ももちろん全員揃って食べるのが習慣。そのため、カフェも古本屋も七時で営業終了です。古本屋はともかく、カフェが七時というのは世間様の常識からすると早いですよね。

火の車が当たり前になっている家計を何とかするためにも、カフェは深夜まで営業しようという話も何度も出るのですが、もともと夜になると人通りもほとんどなくなるのが我が家近辺。さしたる実入りもないだろうという話になるのもいつものことです。

ですから、ライブを定期的に行うというのはなかなか良い案だと皆も思っているのですよ。今は一ヶ月に一、二度ほどですが、家の皆が慣れてきて出演したいという人が増えてきたなら、さすがに毎日は無理でしょうけど、ある程度の回数をやってもいいのではないかと話しています。残念ながらご近所さんの手前、アコースティックライブというものしかできないのですが。

どこかへ出掛けていた我南人も帰ってきました。たまに藤島さんも晩ご飯をご一緒することもあるのですが、今夜はライブに間に合うようにやってくるそうです。社長さんは何かと忙しいのでしょう。マードックさんの話では〈藤島ハウス〉に戻ってくるのも、夜遅くなることが多いそうですよ。

今夜も七時にお店を閉めて、晩ご飯です。今夜は塩鮭を焼いたようですね。いつにも増して猫たちの鼻が動いているような気がしますし、ポコやノラが座卓の周りをうろうろとしています。

皆が揃ったところで「いただきます」です。

「そういやぁ風呂をどうするよ」

おみおつけを一口飲んで勘一が言いました。冬になる前にお風呂場を直すか新しくするかという話をしていましたが結局年を越しちゃいそうですね。何せ古い我が家ですから、冬場になるとお風呂場の脱衣所などは寒いのですよ。

我が家の勘定奉行の紺が答えました。

「もうこの時期だからね。今年は何とか我慢して、修繕するのは暖かくなってからの方がいいんじゃないかな」

「荒俣《あらまた》さんには頼んでおきましたよ、その内にお願いしますからって」

荒俣さんというのは亜美さんの同級生で大工さんをやってらっしゃる方ですね。この間、藍子が〈藤島ハウス〉に引っ越した後のちょっとした改装をお願いしました。子供たちも大きくなってきて何かと物入りです。紺もいろいろと考えているのでしょう。

ごちそうさまをすると、ライブの準備です。

実はライブをやることをいちばん喜んで、そして張り切っているのは研人なんですよ。そりゃあもうまるで噛んでいないんじゃないかというぐらいにご飯をかき込んでいました。そもそも「ライブをやればいいんじゃない？」と言い出したのも研人ですからね。おじいちゃんが、つまり我南人がいるのに今までやっていなかったことがおかしいんだと。確かにそれはそうなのですよね。

「ごちそうさま！」

あっという間に食べ終えて自分でお茶碗などを台所まで持っていくとそのままカフェに走ります。テーブルや椅子を動かして、ライブのための会場作りです。

「その内に自分もライブをやるって言い出す勢いだよな」

研人の背中を見送って、青が笑って言うと皆も頷きます。曲作りに思わぬ才能を発揮した研人ですが、あれから我南人に何曲か自分の作った曲を渡しているようです。

「まぁ夢中になれるものがあるのはいいことじゃないか」

かずみちゃんです。

「そもそも音楽的な才能はサッちゃんや勘一から受け継いだものなんだから。ねぇ？」

「まぁ、そうなるか」

「それが不思議」

花陽です。

「大じいちゃんと大ばあちゃんとかずみちゃんがジャズ・バンドやってたなんて本当に信じられない」

わたしも勘一も特に豊かな才能があったわけではありませんが、確かにジャズ・バンドを組んで人様の前で演奏したのは事実です。かずみちゃんは本当に歌が巧《うま》かったのですよ。あの当時はまだ十歳かそこらでしたが、大人顔負けの歌唱力だったと思います。

「今となっちゃあ何だか夢の中の出来事みたいだけどねぇ。あそこのお屋敷でねぇ勘一。あんたと一緒に舞台に立ったわよ」

「おお、東集済《とうしゅうざい》さんのお屋敷だったよな」

「なにそれ」

「華族の一人だったよね。今もそのお屋敷の一部は大学の施設として残っているよ」

紺が言います。本当に、かずみちゃんの言うようにもう遥か彼方《かなた》の夢だったような気もします。

「青ちゃん！　親父も手伝ってよ！」

研人の大きな声がカフェから届きました。

「あぁ、今行く」

「まだ慣れないなぁあの呼び方。親父ってさ」

花陽が首を捻って言います。最近、研人は紺のことを〈親父〉と呼びますよね。自分のことは〈オレ〉ですよ。初めて聞いたときに花陽は眼を丸くしてましたっけ。花陽にしてみれば弟のような研人。そりゃあもう小さい頃から可愛がってきましたし研人も優しい子でしたからね。男っぽい乱暴な言葉を使う研人に違和感を感じるのでしょう。

「男の子はそういうものなんだよ」

紺が立ち上がりながら花陽の頭をぽんぽんと軽く撫《な》でました。

「そういうことだね」

青も言います。思えば紺も青も我南人のことを〈親父〉と呼び出したのは中学生からですよ。

「さてやろうか」

紺と青と研人で会場作り。藍子と亜美さんとマードックさんでお客様にお出しするドリンクとおつまみの用意です。

「今晩はー」

またカフェの方から声が響きました。あの声は今日ライブを行うナリちゃんですね。我南人が応えて立ち上がりました。確かフルネームは中川浩成《なかがわひろなり》さんと言いましたか。つるつるの頭で、昨今はスキンヘッドというんでしたか、とても強面《こわもて》の方なんですが笑うと可愛いと評判ですよね。我南人よりはずっとお若くて、まだ四十代後半です。

「失礼しまーす」

今度は家の玄関から声が響きました。あれは龍哉さんではないでしょうか。葉山《はやま》に住んでいる我南人のお仲間のミュージシャンの方です。研人がすっかり兄貴分として慕って、お宅のスタジオにお邪魔したりいろいろとお世話になっています。

「千客万来だな。どら」

勘一が立ち上がって玄関まで出迎えました。

龍哉さんとやってきたのは、葉山のお家で一緒に暮らしているという酒井光平《さかいこうへい》さんと千田《ちだ》くるみさん。お話だけは以前から伺っていましたが、お二人が我が家にやってくるのは初めてですね。

元々は龍哉さんのお父さんの持ち物だったという別荘に暮らしているお三方。淑子さんの件ではいろいろお世話になり、その後三人とも淑子さんとは交流があったのです。淑子さご近所でしたから様子を窺ってくれて、くるみさんからは〈元気でいらっしゃいますよ〉とメールをいただいたこともありましたよね。

何はともあれと、三人とも仏前に手を合わせてお線香をあげてくれました。ありがとうございます。

「ほう、光平くんはお役人さんかよ」

「いえ、単なる宮仕えです」

光平さんを紹介されました。何でも大学生の頃からくるみさんとあの別荘に下宿していたとか。三人での共同生活とは、楽しそうでいいですね。

「とんでもねぇ長い名前の部署だなおい」

名刺を貰った勘一が思わず眼を丸くしましたよ。光平さんは東大出身で今は農林水産省のお役人だそうで、確かに舌を噛みそうなほど長い組織の名前が書いてあります。

くるみさんには以前にも葉山でお会いしましたね。眼がくりんとして可愛らしい方ですよ。川崎で図書館司書をしていらっしゃるそうで、とにかく大の本好き読書好きと聞いています。龍哉さんに我が家の話を聞いていて、何ですかもうやってくるなりうずうずしています。

「くるみはライブよりお店の本を物色したくてしょうがないんですよ」

龍哉さんが笑って言います。

「いえ、そんな」

「何だよそういうことなら遠慮しねぇで見てくれよ。店は閉めちまったが欲しいもんがあったらすずみちゃんに言っとくれ」

「いいんですか？」

あら本当にくるみさんの顔が途端に輝きましたよ。

「おう、思う存分見てってくれよ」

「すみません、ありがとうございます！」

すずみさんが、くるみさんを古本屋に連れて行きました。なんだかこの二人、ひらがな三文字の名前もそうですが雰囲気が似ていますね。年齢もさほど変わらないそうですし、どちらも活発そうで愛嬌のある笑顔が似合います。

かずみちゃんは鈴花ちゃんかんなちゃんを隣の〈藤島ハウス〉の部屋に連れて行ってお風呂に入れて寝かしつけています。アコースティックとはいえ、真下で演奏されてはさすがになかなか寝つけないですからね。二人ともお父さんお母さんじゃなくても家の人間であれば誰とでも一緒に寝てくれます。本当に育てやすい子たちですよ。

我南人は龍哉さんとナリちゃんと三人で今夜のライブの軽いリハーサルを始めていますから、居間には光平さんと勘一だけになりました。

「うちの研人が迷惑掛けてて申し訳ないね」

「いえいえ」

光平さんが手を振ります。

「研人くんは龍哉のスタジオに籠《こも》りっ放しですからね。僕はもう何もお世話できなくて」

「いやぁ研人の野郎言ってたぜ。光平さんは優しくていつもジュースとかお菓子とか持ってきてくれるって。駅まで車で送ってくれたりとかなぁ」

そうですよね。龍哉さんはけっこう厳しく音楽のことを教えてくれるそうですが、光平さんはいつもにこにこして優しいと言っていました。光平さん、微笑んでちょっと首を傾げます。

「弟が欲しかったからでしょうかね」

兄がいるんです、と光平さんは続けました。

「弟扱いされるのがちょっと悔しかったんですよ。だから、小さい頃から弟か妹が欲しかったんです。研人くんぐらいの子と仲良くなるのは初めてで、僕もけっこう楽しいんですよ」

「そうかい」

ありがたいね、と勘一も微笑みます。

「くるみも嬉しそうですよ。とにかくあいつ本好きで、龍哉の家の十二畳ぐらいの一部屋は彼女の書庫になってて、それでも本が溢れそうなんですよ」

「そいつは凄いな。筋金入りの活字中毒者ってわけだ」

「とにかく鞄《かばん》の中には本が最低二冊は入っていないと落ち着かないって子で、実はここには早くお邪魔したいってずっと言っていたんですよ」

「いいねぇ、そういうのは大歓迎だ」

勘一はにこにこと微笑みながら話をしています。きっと光平さんのことも、くるみさんのことも気に入ったのでしょうね。大体第一印象でその人のことを決めつけてしまう人なんですが、そうそう外れたことはありません。龍哉さんもそうですすけど、この光平さんもまた違ったタイプで爽やかな方ですね。どこか家の犬のアキに似ていますけど。

「あれだ、研人が世話になってるからよ。何だったら泊まり込みで来てくれていいって言っといてくれよ」

「あぁ、それは喜びますよ」

どういう事情で三人が一緒になったのかはわかりませんが、もう十年近くも一緒に暮らしているとか。余程気が合うのでしょうね。光平さんの態度にも三人での暮らしを大切に思っている気持ちがよく表れていますよ。

それほど広くはない我が家のカフェ。テーブルをある程度片付けても、四十人も入ればいっぱいいっぱい。お蔭様でこの日のライブも超満員です。外の寒さが気にならないほどの熱気に溢れました。

ナリちゃんという方はギタリストさんですが、アコーディオンも弾くんですね。我南人と龍哉さんの二人も加わって、なかなかに渋い歌声を披露してくれました。すっかり龍哉さんの音楽のファンになっている花陽も笑顔で聴いていましたよ。少しは受験勉強の合間の気晴らしになりましたかね。仕事を終えた藤島さんも、学友であり、ビジネスパートナーでもある三鷹《みたか》さんや永坂《ながさか》さんと一緒にやってきて、楽しんでいたようです。

三

茅野さんから勘一に電話が入って、〈はる〉さんで会いましょうという話になったようです。例の前田さんの件ですね。

夜九時を回った頃に、勘一が居間にいた藍子とマードックさんに一緒に行くかと誘いました。珍しい取り合わせですけれど、まだライブは続いていますから、自然と出られる人は限られています。紺や青、亜美さんすずみさんはライブを楽しんでいますし、終わった後もそのまま打ち上げなどが続きます。鈴花ちゃんかんなちゃんも連れて帰ってこなきゃなりませんから、いちばん自由が利いて勘一の面倒を見られるのはこの二人ですね。

我が家の前を道なりに左手に進んだ三丁目の角の一軒左が小料理居酒屋〈はる〉さんです。もうここに店を開いて何年になりますか。真奈美さんのお父さんとお母さんがお元気な頃から、しょっちゅう我が家全員でお世話になっていました。今はすっかりコウさんと真奈美さんのお店らしい雰囲気になりましたね。

「いらっしゃい」

暖簾《のれん》をくぐってからからと戸を開けると、真奈美さんとコウさん、そして今は池沢さんの声が響きます。妊娠がわかってからは真奈美さんはお店に出る時間を減らしていますが、今日は調子が良いようですね。あら、康円さんがどなたかとテーブル席に座っていますね。勘一たちに軽く会釈して一言二言話します。いつも思いますけど、祐円さんと違って康円さんは神主らしい風情ですよね。

「はい、おしぼりどうぞ」

「おう、ありがと」

真奈美さんが微笑みます。

「何だか珍しい組み合わせよね」

「そう、おじいちゃんと飲みに来るなんて何年ぶりかしら」

「そういやぁそうだなぁ」

「ぼくは、はじめてですよ。このさんにんなんて」

そうか？　と勘一は首を捻りますが、確かにそうですよ。見たことありませんもの。

「はい、お通しです」

コウさんが用意した小鉢を、池沢さんが三人の前に並べます。

「海老芋《えびいも》の田楽《でんがく》です。そのままでも、軽く七味唐辛子を振ってでもどうぞ」

相変わらずコウさんのお料理は本当に美味しそうです。三人が舌鼓《したつづみ》を打っていると、戸がからからと開いて茅野さんが入ってきました。あらまた木島さんと一緒ですよ。

「いらっしゃい」

「今晩は」

「なんだよまたつるんで来たのかよ？」

「それが」

茅野さん、笑いながらカウンターの席につきました。木島さんもにやにやしながら隣に座ります。

「あの前田ってのを調べているときに木島くんから電話を貰いましてね」

「なんだよどうしたんだ」

「いや、余計なことかもしれねぇですけどね」

木島さん、まずは一杯と勘一からお酌をしてもらいました。それが昼間にコウさんと話していた地酒でしょうか。木島さん美味しそうに一口飲みます。

「昼間お店に、変な野郎いたでしょう。棚からごっそり買っていった奴《やっ》」

「おう。〈棚男〉な。そういやおめぇもいたんだっけな」

「店を出てから後をつけたんですよ。堀田さんが顔を顰めていたんでこりゃあなんかあるなと」

勘一が眼を少し大きくしました。

「頼んでもいねぇのに余計なことするんじゃねぇよ、と言いてぇところだがさすがだな」

にやっと笑います。木島さんお忙しいのに気を利かせてくれたんですね。

「あの男の人でしょ」

真奈美さんです。

「私もなんだ？って、そうそう、それで思い出したんだけど言おうと思っていたの」

「なんだい」

「私あの人、なーんか見たことあるんだけど」

「知り合いかよ？」

真奈美さん、それが、と済まなそうな顔をします。

「確かに見たことあるような気はするんだけど思い出せなくて」

なんだい、と勘一が苦笑いします。

「いや俺もね、忙しい身なんでちょいと後をつけただけなんですがね。名前と勤め先はわかりましたよ」

木島さん、スーツの内ポケットから手帳を取り出しました。

「ええっとですね、勤め先は吉祥寺の小さな不動産会社で〈城下不動産〉ってぇところで、あいつはそこの部長さんで三石欽吾《みついしきんご》」

「みついしきんご？」

勘一がさてな、と、首を捻ります。もちろんわたしも聞き覚えのない名前ですね。藍子も真奈美さんもマードックさんも下を向いたり天井を見上げたりして考えています。

「不動産会社と言いながら実は怪しいところなのかと疑って調べたんですがあにはからんやでして、会社自体はしっかりした健全経営のところでしたぜ」

何でしょう、真奈美さんがしきりに首を捻っています。

「で、ちょいと客のふりしてそいつに応対してもらったんですけどね」

「きじまさん、ほんとうに、ゆうのうなきしゃさんですよね」

マードックさんが感心します。

「なんですよ褒めたって何にも出やしませんぜ」

「気色悪いから照れてねぇで話を続けろよ」

「はいはい。その三石さん、実にきちんとした応対してくれましたぜ。わざとヤな客を装ったんですけどね。嫌そうな顔ひとつしないでね」

「おめぇがそう言うなら、根もちゃんとした男だったってわけだ」

「そういうこって」

ふむ、と茅野さんも頷きます。

「となると、怪しいことは何もなく、ただの変な買い方をする客ってことですかね」

「あぁっ!!」

唐突に真奈美さんが大声を出しながら手をパン！　と打ちました。驚いて皆が一斉に顔を上げましたよ。

「なんでぇ真奈美ちゃん。お腹に障るぜそんな大声」

「ちょ、ちょっと待ってて！　藍子さん！　大変！」

「え？　私？」

言うが早いか真奈美さんとても妊婦とは思えない素早さでカウンターから二階へ上がっていきました。二階は元々は真奈美さん一家の住居になっていましたけど、今は改装しまして、真奈美さんとコウさんの新居になっています。そんなに急がないで危ないですよ真奈美さん。池沢さんが心配して後を追いました。

「なんだぁ？」

皆が、特に名前を呼ばれたまま放っておかれた藍子はきょとんとしています。コウさんも困ったもんだという顔をしていますよ。

ややあって、階段を下りる音が響いてきて真奈美さんと池沢さんが戻ってきました。真奈美さん、手に持っているのはなんでしょうか。

「藍子さん！　これ！」

「え？　アルバム？」

どうやら高校の卒業アルバムのようですね。藍子と真奈美さんは同じ高校ですが、学年はひとつ違います。真奈美さんは藍子の横にやってきてカウンターの上にアルバムを広げます。マードックさんが退《ど》いて、席を譲ってあげました。

「これ、藍子さんの卒業アルバムよ」

「どうしてここにあるの？」

何言ってるの、と真奈美さん軽く藍子の肩を叩きます。

「ずーっと前に同窓会の名簿を作るのに借りたら、そのまま置いといてって藍子さんが」

「あぁ、そうだったわね」

「ほら、三石先輩！」

真奈美さんが広げたページには三年B組が写っています。これは藍子のクラスですよね。まぁ懐かしい。高校時代のお下げ髪の藍子がいますよ。

「いやぁこうしてみると若いなぁ藍子よ」

「老けちゃってすみません」

「あいこさん、かわいいですね」

「いやそっちじゃなくて三石先輩！　藍子さんと同じクラスだったじゃない！　テニス部の私の先輩！」

そういえば真奈美さんはテニス部でしたね。可愛いテニスウェア姿を覚えてますよ。

皆が、うん？　とアルバムを覗き込みます。

「おお、こいつか」

勘一が指差したのは学生服姿のキリッとした顔立ちの男子です。

「確かに〈三石欽吾〉って名前だな」

「随分印象は変わっていますけど面影はありますね」

茅野さんも頷きました。

「あぁ！　三石くん！」

ようやく藍子は思い出したようです。この子はあれですよね。物覚えは悪くないはずなのにクラスメイトの名前を知らないことがよくありましたよ。でも、一瞬笑顔になった後に少し眉間《みけん》に皺《しわ》を寄せました。

「三石くんって、そういえば」

「そうよ藍子さん」

真奈美さんが、ちらっとマードックさんを見ました。マードックさん、何事かという顔をしましたけど。

「なんだよ、何かあんのかよ」

勘一が訊きました。

「藍子さんは言いづらいだろうから私が言うね。三石先輩って、高校時代に藍子さんに付き合ってくれって告白した人よ。そして藍子さんに『十年後に気持ちが変わってなければまた申し込んでください』って言われた人よ」

おお、と声が響きました。藍子の今までの人生で最も有名な台詞《せりふ》ではないでしょうかね。何せ研人まで知ってるぐらいですから。

藍子が、真剣な顔をしてこくんと頷きました。それは覚えていたのですね。

「じゃあ何か？」

勘一です。

「そいつがよ、あのときの申し込みをもう一度しに来ましたってか？」

「でも、高校時代からもう倍の二十年経ってますよね藍子さん」

木島さんに言われて藍子が何だか嫌そうに顔を顰めましたが、頷きました。

「確かにそうね。もう高校卒業して十年の倍の二十年が経つわね」

娘の花陽が来年高校ですからね。年も取るはずです。

「しかし同級生なら素直にこんにちは、って藍子さんを呼びますよね？」

「それに、おなじたなのひとつぶん、ほんをまるごと、かっていくりゆうがさっぱりわかりませんね」

コウさんとマードックさんが続けて言いました。皆が頷いて、うーんと唸ります。

「卒業以来、会ってねぇのかよ？」

勘一がお猪口《ちょこ》をくいっと空けて藍子に訊きました。

「会ってない、と、思う。私は同窓会にも全然顔を出していないし」

「ふるほんやが、あいこさんのいえ、ってことは、しっているんですよね？」

「それはクラスの皆が知っていたはず。お父さんも一応有名人だったし」

紺や藍子が学生の頃は、よくお友達もお店に顔を出してくれましたよね。主に我南人がいるかどうかって理由でしたけど。

「どっちにせよ、だな」

勘一が藍子に言います。

「二十年ぶりにやってきたってのに、藍子に声も掛けねぇで古本だけ買って黙って去ってんだ。なんか理由があるんじゃあねぇか？」

「そうなのかもね」

藍子が静かに言って、アルバムを見つめています。

「まぁ、ここで考えててもわかりっこねぇや。正体がわかっただけで良しとして、後回しだ。茅野さんの方はどうだったい」

「あぁそうでした」

茅野さんがメモ帳を取り出しました。昔は警察手帳とかに書いていたのでしょうね。

「ええっとですね、前田茂治《しげはる》さんですね。ご自宅は巣鴨《すがも》の方にありましてね。これがまぁなんてことはないごく普通のお宅でして」

「普通ってぇことは？」

そうなんです、と茅野さん頷きます。

「屋根裏部屋なんかありそうもない、ごく普通の一般の建売住宅って感じです。しかも築二十年も経っていないでしょうね。とてもあんな古本が眠っているようなお宅には見えませんでした。いただいた名刺の会社は確かに実在していましてね。嘘《うそ》はついていませんでしたが」

「家も改装中じゃあなかったってことだな」

「そういうことです。そこだけは嘘をついていたってことですね」

あの、と池沢さんが茅野さんを見ました。

「先程、その方のお名前、前田茂治さんと仰いましたね」

「はい、そうです」

なんでしょう、今度は池沢さんが少し顔を顰めました。画面に映るときと違ってお化粧をほとんどしていませんが、美しい方はそういう顔をしても美しいですよね。

「例の、古本を一冊ずつ売りに来る方ですよねその方」

「そうですが、何かありましたかい」

池沢さん、静かに頷きます。

「前にそのお話を聞いたときにも少し引っ掛かったのですけどね。前田さんというのは、奈良さんの本名なんです」

「あぁ？」

「奈良さんの？」

皆が声を揃えました。

「そして、奈良さんには息子さんがいらして、名前を正確には聞いていないのでわからないのですが、幼い頃はシゲちゃんシゲちゃんと呼んでいたんですよ」

「シゲちゃん、か」

茂治さんですから、当てはまりはしますね。池沢さん頷いて続けます。

「貴重な古本が屋根裏部屋にあると、その方仰っていたんですよね」

「言ってましたな」

「私、何度か奈良さんのご自宅にお伺いしたことがありますが、屋根裏部屋がありました。いつも台本《ホン》を読んだりするところで、そこは奈良さんの大事なものを置いておく部屋だったんですよ。そして、そこには」

「古本があったんですかい」

池沢さん、こくんと頷きました。

「しっかりとした本棚にきちんとしまってありました。大事なものなのよ、と話していたのも覚えています」

茅野さんも木島さんも腕組みして考え込みます。

「いや、実はよ」

勘一です。お猪口にお酒を自分で注いで一口飲みました。

「奈良さんよ、ここんとこしょっちゅう来るじゃねぇか」

藍子も真奈美さんも頷きました。

「知ってるぜ、おめぇたちがこそこそ噂《うわさ》してんのはよ。俺に惚《ほ》れてんじゃねぇかとかどうとか。馬鹿言ってるんじゃねぇよ」

藍子の肩を軽く叩く仕草をしました。

「だって、ねぇ？」

真奈美さんが藍子に言うと藍子も頷きます。

「あんなに通って来て、しかもおじいちゃんがいないとさっさと帰っちゃうんだもの」

「ありゃあな、そんなんじゃねぇよ。端《はな》っから思っていたんだけどよ。あの人よ、何事か探ってんだよな」

「探る、とは」

コウさんが訊きました。

「何かはわからねぇよ。でもよ、あの人の出てる映画は俺もたくさん観たぜ。それこそサチと一緒にな。なんといっても人気シリーズだったからな」

そうですよね。懐かしいですよ。わたしも勘一も映画好きで、古本屋などやっていると映画を観に行くことぐらいしか娯楽がありませんでしたからね。勘一の眼が細くなりました。

「奈良さんはよ、俺と話しているとき、ずっと演技してやがんのよ」

「演技」

池沢さんが反応しました。

「いくら女優さんってもよ、素に戻るときってぇのがあるんじゃねぇですかい？　池沢さんだってあるでしょうに。普通に暮らしていれば、演技をしていない自分にね」

「それは、確かにそうですね」

小さく頷きます。

「奈良さんはよ、俺と話しているときにはずーっと画面の中の奈良さんのままよ。こちとら客商売を七十年近くもやってきてるんだ。相手が嘘ついてるかついてないかぐらいなんとなくわかるってもんよ」

「じゃあ」

藍子です。

「奈良さんは、ずっと演技、つまり嘘をついているってこと？　おじいちゃんの前で」

「おうよ」

頷いて、またお酒を一口飲みます。

「この年になってもう色恋どうのはねぇけどよ。少なくとも好きで通って来てくれてるんならよ、素のままの自分を出すんじゃねぇのかい。他に誰もいねぇただのしみったれた古本屋だぞ。どこに演技する必要があるってんだ」

「だとすると、その奈良さんと茂治ってのは親子して腹に一物あって〈東京バンドワゴン〉に来てるってわけだ」

木島さんです。皆が頷く中、池沢さんが口を開きました。

「あのとき、なんですけど堀田さん」

「ほいよ」

「奈良さんとここで初めてお会いになりましたよね」

「あぁ、そうだったね」

「そのとき、私がご紹介したら、今にして思えばなんですけど、奈良さん瞳の色が変わったように思いました。それこそ、今の勘一さんのお話じゃないんですけど、演技をするかのように」

まぁ、そうなのですか。池沢さんがそう仰るのなら、そうなのでしょうね。勘一が納得したように頷きました。

「しかしまぁ、相手は大女優の池沢さんの先輩だ。いわば恩師ですよなぁ。こりゃあ、おいそれとは動けねぇなぁ」

「そうですね」

茅野さんも頷きます。確かに親子でいらしているのに、そのことについて何も仰らないのはおかしいですけど、何か悪さをしているわけでもないですからね。

「あの、でしたら私が」

池沢さんが言いかけるのを勘一が手を振って遮《さえぎ》りました。

「いやいやぁ、池沢さんにそんな迷惑を掛けられねぇってもんです。あれですよ、勝手に動かないでくださいよ。そんなんで池沢さんと奈良さんの間になにかあっちゃぁ俺が困りますんで。それこそこっちの邪推ってことも無きにしもあらずですからね」

確かにそうですね。そんなことで池沢さんにご迷惑を掛けてしまってはいけませんよ。

「そしてあれだ、藍子」

「はい」

「その三石って奴が今度来たらよ、おめぇがきちんと応対して話を聞いてやれや。まさか二十年越しの告白でもねぇだろうからよ」

こくん、と藍子が頷きます。

四

今日はクリスマス。居間に置かれた大きなクリスマスツリーには朝から電飾がチカチカ光っています。

毎年クリスマスにはたくさんのお料理を作ってパーティをしている我が家ですが、二十四日にやるのか、二十五日にやるのかはその年の様子にもよります。

ついこの間まで研人も花陽もサンタさんを信じていた年頃だったのに、本当に時の流れは早いですね。今はかんなちゃんと鈴花ちゃんに、「良い子にしてないとサンタさん来ないよ」と二人が教え込むようになりました。

クリスマス本来の意義からは外れて、浮かれ騒ぐだけの日本のこの風習に眉を顰《ひそ》める方もいらっしゃいますが、わたしは良いと思いますよ。一年に一回、皆が「メリークリスマス」と言いあって、ほんの少しでも周りに優しくできますよね。それはとても良いことではありませんか。キリスト様もきっと空の上で微笑んでいますよ。

近所を見回しても、あちこちできれいなクリスマスの装飾がされています。これが終わると今度は年末年始の準備ですね。

〈東京バンドワゴン〉の営業は古本屋もカフェも毎年二十八日まで。三十一日までは家族総出で大掃除をして、大晦日《おおみそか》の夜はゆっくりと過ごします。明けてお正月は三が日を休んで四日か五日にお店を開けるのが通例です。

お嫁さんが二人も同居している我が家ですが、亜美さんのご実家である脇坂家は都内ですし、すずみさんのご両親は既にいらっしゃいません。脇坂さんなどは賑やかな方がいいと言って、我が家にやってきますものね。ですから里帰りをどうこうするという予定のやりくりは特になく、本当にのんびりお正月を過ごします。余裕があれば家族でどこかに出掛けたいところですが、なかなかそうも行きません。ただまぁ賑やかな家ですから退屈はしませんよね。

パーティをするとはいってもお店は通常営業です。少し早めに晩ご飯の準備を始めてクリスマス用のお料理をたくさん作ります。これでもう少し研人や花陽が大きくなればお友達とクリスマスを過ごすと言って留守になったりするのでしょうが、今はまだ皆で過ごすのを楽しみにしていますね。

「今日は誰来るんだっけ？」

朝ご飯を食べながら研人が亜美さんに訊きました。

「脇坂のおじいちゃんおばあちゃん」

「藤島さんは？」

花陽が言うとかんなちゃん鈴花ちゃんが反応します。

「ふじしまん！」

「ふじしまんも、きますよ」

マードックさんが答えます。本当に鈴花ちゃんかんなちゃんは藤島さんのことを気に入っていますよね。

「修平くんと佳奈ちゃんも顔を出すかもね。間に合えばだけど」

紺が言いました。新婚旅行からは今日帰ってくるのですよね。疲れているでしょうから無理はしなくていいと言ってあるはずですけど、あの二人のことですからお土産《みやげ》を抱えて来てくれるのでしょう。

「三鷹さんと永坂さんも来るそうですよ」

少し遅くなるってメールが来ていましたとすずみさんが言いました。きっと祐円さんも顔を出すでしょうし、木島さんや茅野さんもたぶんやってきてそのまま男性陣は〈はる〉さんに移動するはずです。毎年たくさんの人が来てくれて、子供たちにプレゼントをしてくれます。贅沢はさせないでとお願いしていますが、心遣いが本当に嬉しいですよね。

＊

そろそろ閉店の時間が近づいてきました。台所では藍子とマードックさんとかずみちゃんがクリスマスの料理の準備の真っ最中。マードックさんお得意のローストチキンやミンスパイ、クリスマスプディングも並ぶのでしょうね。じゃがいものいい匂いもしていますから、何かそれを使った料理も出るのでしょう。

居間では我南人が珍しくのんびりしていて、鈴花ちゃんかんなちゃんと遊んでいます。

「がなとじーちゃん、ねて」

「寝るのぉお？」

かんなちゃんに押し倒されるようにして我南人が寝転びます。その上にかんなちゃんが乗っかり、さらには鈴花ちゃんも乗っかります。双子のようにして育つ二人ですが、もうはっきりと個性が出ています。紺と亜美さんの娘であるかんなちゃんは、お母さんに似て整った顔立ちながらとても活発な子。青とすずみさんの娘の鈴花ちゃんは、お母さんに似て愛嬌のある笑顔が可愛らしくて、ちょっと恥ずかしがり屋さん。いつも最初に動くのはかんなちゃんで、鈴花ちゃんがその後をついて回るという感じです。

あら、我南人の上で嬉しそうにしていたかんなちゃんが、突然起き上がって古本屋の方に走っていきました。慌てて鈴花ちゃんも後を追います。

「どうしたい、かんなちゃん鈴花ちゃん」

帳場に座っていた勘一が笑顔で訊くと、かんなちゃんがニコニコしながら言いました。

「かんちーじーちゃん、ふじしまん！」

「藤島？」

その途端に、からん、と戸の土鈴が鳴って、本当に藤島さんが入ってきました。何ですか、ひょっとしたら勘ではなくてかんなちゃんは犬みたいに鼻が利くのでしょうか。実はわたしもこの頃かんなちゃんと眼が合うような気もするのですが、まだ反応はしてくれません。

「どうも、今晩は」

「おかえりなさーい！」

二人の可愛らしい声に迎えられて、藤島さんも相好《そうごう》を崩します。

「はい、かんなちゃん鈴花ちゃん、クリスマスプレゼントですよ」

藤島さんが持っていた可愛らしい袋を二人に手渡します。きっとまだ二人はクリスマスが何なのかはわかっていませんけど、大喜びで袋を受け取りぴょんぴょん跳ね上がります。

「ありがとー！」

そのままお父さんがいる居間に走り込んでいきます。その様子をにやにやしながら見ていた勘一が藤島さんに言います。

「藤島よ、まったくもってありがたいけどよ。おめぇここに通っているとますます結婚しなくていいって思っちまうんじゃねぇか？　もう娘も孫もいる気分になっちまってよ」

「いやいや堀田さん、だから僕は結婚しなくていいなんて思ってませんから」

笑いながら、まぁ上がれと言われて藤島さん、居間に上がっていきました。台所からはもういい匂いがしてきましたね。さっそく藤島さんはかんなちゃん鈴花ちゃんにまとわりつかれます。

「今晩はー」

裏の玄関から声がして、入ってきたのはコウさんに真奈美さん、それに池沢さんですね。

「はい、お待たせしました」

クリスマスにはあまり似合いませんが、大きなお重をコウさんがテーブルに置きます。いつものことながら本当にすみません。池沢さんも大きな銀皿を持ってきてくれました。こちらにはオードブルですか。この後に〈はる〉さんは開けますけど、ちょっとの間一緒にご飯を食べていってくれますよ。

花陽と研人も二階から下りてきて、居間の中は急に賑やかになります。

「花陽、お皿とか出してね」

「はーい」

カフェの方も閉店の後片づけが進んでいます。古本屋にいた勘一が、客もいないことだし閉めるか、と立ち上がったときです。お店の戸が、からん、と開きました。

「いらっしゃい」

反射的に声を上げた勘一、その後に表情を変えました。

「お邪魔します」

少し頭を下げながら入ってきたのは、あの方です。藍子の同級生だという三石さんでしたか。勘一、ほんの少し眉を顰めました。

「毎度どうも」

「あの」

三石さん、何か言いかけたときに居間から声が響きました。

「あぁどうもぉお、いらっしゃいぃ」

我南人です。勘一があぁやっぱりか、というふうに肩を落として息を吐き、後ろを見ます。

「おめぇが呼んだのかよ」

「そうだよぉお、入院前にクリスマスパーティを楽しんでもらおうと思ってねぇえ」

「入院？」

勘一が眼を細くして三石さんを見ます。三石さんはどう答えればいいか、と困惑しながらも頷きます。声が聞こえたのでしょうね。台所から藍子が真奈美さんと一緒に顔を出しました。

「三石くん」

「三石先輩」

「あぁ」

ようやく三石さん、少し笑顔になりました。

「堀田さん、お久しぶり。千葉くんも」

そこに、またからんと音がして戸が開きます。入ってきたのは、奈良さんと、そして前田さんという男性です。勘一がやっぱりか、というふうに我南人を見ました。

「お邪魔します」

いつものように和服をしっとりと着こなした奈良さん、ゆっくりと頭を下げました。

勘一も挨拶をします。

「千客万来ですな。うちの我南人からですかい？」

「はい。お招きいただきまして改めてご挨拶にとやってきました。これは」

奈良さんが前田さんをちょっと振り返ります。

「もうおわかりでしょうけど、息子の茂治です」

前田さんもお辞儀をします。やはりそうだったのですね。


何はともあれ居間に上がってもらいました。三石さん、きちんとご挨拶をするかんなちゃん鈴花ちゃんに笑顔で応対してくれました。この方はあれですね、お子さんがいらっしゃるのではないでしょうか。少なくとも小さい子の扱いには慣れている笑顔です。奈良さんも前田さんも、にこにこと微笑んでくれます。かずみちゃんが皆さんにお茶を持ってきてくれました。

どうやら大人の話が始まるようだと気を利かしたのでしょう。花陽と研人がかんなちゃん鈴花ちゃんに、二階に行こうと誘います。

「ふじしまんも」

あらまぁ。藤島さん、苦笑いして頷きます。

「いいよ、二階で遊ぼうか」

すみません、本当に。

「まぁあれですな」

勘一です。

「旨い料理はもう少しでできますから、話を済ませてしまってから乾杯といきましょうや。順番ってぇのもおかしいが」

勘一が三石さんを見ました。それから奈良さんを見てちょっと待ってくれというふうに頷きます。きっと我南人から聞いていたのでしょう。委細承知という感じで奈良さん、微笑んで頷きました。

「改めて、三石と申します」

「藍子の祖父だがね。まぁあんたは知ってるんだろう？」

勘一が訊くと頷きました。

「高校時代も、一度お伺いしたことがありました」

そうでしたか。覚えていなくてごめんなさいね。

「三石先輩」

真奈美さんです。

「紹介します。夫です。私は今は千葉真奈美ではなく、甲《こう》真奈美です」

「そうでしたか、どうも初めまして」

コウさんと三石さんがお互いに頭を下げます。

「それで、三石くん」

当然、藍子も紹介しなければなりませんね。

「私の夫なんです」

「マードック・モンゴメリーといいます。イギリスじんですけど、ずっとにほんにいて、にほんご、ぺらぺらです」

マードックさんが微笑みながら言います。三石さん大きく頷きながら頭を下げました。

「まさか、外国の方と一緒になっているとは思ってもみませんでした」

そうでしょうね。わたしたちも予想していなかったですよ。もちろん藍子も今は正式には藍子・モンゴメリー、花陽も花陽・モンゴメリーなのですが、ちょっと恥ずかしいからと学校ではそのまま堀田で通しています。

勘一が言います。

「入院って言ってたけどよ、こういう飯は大丈夫なのかい」

「はい、大丈夫です」

「まぁ料理が全部出来上がるまではよ、ちょいとその辺の皿を抓《つま》んでくれよ。で？」

紺の方を見ました。

「おめぇは何か知ってるのか？」

うん、と紺が頷きます。先程三石さんと紺は見知っているふうに挨拶してましたからね。

「親父から言われてさ」

「我南人が何を知ってやがったんでぇ」

「僕ぅ、三石くんを前に見てたんだぁ病院でぇ」

「病院？」

勘一がぽん、と座卓を軽く叩きました。

「おめぇが入院したそこの医大か」

あぁ、と皆が頷きます。あまりにも元気なので忘れそうになりますけど、この子も歌手生命にかかわるような手術をしましたよね。今も定期的に病院に行って検査をしています。

「僕ぅ、これでも記憶力いいからさぁ、すぐにわかったよぉ。高校時代に藍子にフラれた彼だってねぇ。しかも高度医療の病棟じゃないぃ？　どうしたのかなぁって思っていたら彼が二十年ぶりに店にやってきてさぁ」

「親父が言うんだ」

紺が後を継いで話し始めます。我南人に話をさせるとどうも回りくどいですからね。

「三石さん、二十年ぶりに店に来たのは、病院に通い出したからじゃないかって。ここからなら近いからね」

確かにそうですね。駅から病院へ歩いていく間に我が家はあります。

「何か重大なことがあって、そうして藍子のことを思い出して店に寄ったのはいいけど、恥ずかしくて声を掛けられなかったんじゃないかって親父が言うもんだからさ」

「それでおめぇが訊いてきたのか」

紺が頷くと、三石さんも頭を下げました。

「お恥ずかしい。いい年をしてご迷惑をお掛けしました」

「いや迷惑なんてことは何にもねぇけどよ、三石さん」

少し心配そうな表情を見せて、勘一が言います。

「病気てぇのは」

「はい」

少し下を向いて、苦笑いしました。

「入院は、明日からなんです。そうしていろいろ検査したりなんだりで、年が明けて二週間後ぐらいに手術する予定です。まぁ、詳細はあれなので省きますが、難しい手術だそうで、成功率は七〇パーセントぐらいだと」

「七〇」

藍子も少し心配そうに顔を顰めました。三石さん、ちょっと無理が見えますが明るく微笑みます。

「いや、大丈夫だと思うんです。医者にも言われました。が、少し気弱になりましてね。

それで、堀田さんに、藍子さんにフラれたときに言われた言葉を思い出しました。もう倍の二十年は経ってしまいましたけど」

「そうだな」

三石さん、小さく頷いて微笑みます。

「今も、はっきりと覚えているんです。『十年後にもう一度』と言ったときの藍子さんの表情を。あれは冗談でも、からかったわけでもなく、藍子さんが真剣に私の思いを受け止めてくれて、心の底から言ったものなんだと理解しました。振り返ってみると」

少し表情を引き締めて、勘一を見ました。

「まだ若造の、十八歳だった私は、あのとき初めて真剣に人と向き合うという経験を藍子さんにさせてもらったのかもしれないと、後から気づきました。それはずっとずっと私の胸の奥底に残っていたんです。四十年近く生きてきても、そういうことは滅多にはありません。そんな経験をさせてもらった藍子さんに私はずっと感謝していたのです」

勘一が少し嬉しそうに頷きます。藍子はそういう子ですからね。

「病院への行き帰りにここの前を通りました。そして、ひょっとしたらもう顔を見ることもないかもしれない。もし今もここにいるのなら一言、お礼の言葉でも、いや久しぶりという言葉だけでも伝えようという気になったのです。でも、藍子さんの姿はお店にはなくて」

「隣にいるのを知らなかったんですね」

　真奈美さんが訊くと、頷きました。

「お祖父《じい》さんに訊いてみようかと思ったのですが、何か急に気恥ずかしくなりました。結婚してもう家を出ていて当たり前。そこまでして逆にご迷惑を掛けても申し訳ない。そこで、私はあまり本は読まない人間なんですが、長い入院生活になることだし、あのときの、せめてものお礼に病院のベッドで読む本をこちらで買っていくのもいいんじゃないかと思ったのです。そしてもし、無事に退院することができたなら、またここに寄ってみようと」

「それで本をごそっと、かい」

　はい、と三石さん頷きます。

「それはありがてぇ話だが、随分と奇妙な買い方をしていったねぇ」

　それは、と、三石さんが恥ずかしそうに頭を掻きました。じっと三石さんを見つめて話を聞いていた藍子が何か思いついたように動きました。

「わかった」

　皆が藍子を見ました。

「三石くん、あれって、席順だったのね？」

「席順？」

話を聞いていた皆が首を捻りました。紺が口を開きました。

「あそこの棚、六段だろ？　二つに区切って十二並んでいる。それが、藍子と三石さんのクラスの机の並びと同じだったんだってさ。それが三列並んで合計三十六。クラスの人数とまったく同じ」

あぁ、と真奈美さんが大きく頷きました。

「わかる！　私もあの棚を見てそう思ったことあったの。高校のときの机の並びと同じだって」

勘一が少し眼を大きくしました。

「そんな理由だったのかい」

「お恥ずかしいです」

苦笑いしましたね。

「最後の一年間、何故か私のクラスは席替えがなかったのです。そして、私は藍子さんのすぐ後ろだったのですよ」

「そう、思い出した。いちばん後ろだった三石くん」

きっと藍子と三石さんの頭の中には今、その頃の光景がまざまざと浮かんでいるのでしょう。教室の黒板に、ずらりと並んだ机、窓のカーテンを揺らす風。わかりますよ。

何故かそういう風景は何十年経っても忘れないものなのですよ。

「ふっとそれに気づいてしまいました。そういえばそうだったと、あの頃の様子が頭に浮かんできて、悪戯心と同時にひょっとしたら、聡明だった藍子さんなら気づくかもしれないと思って、そんな買い方をしてしまいました。とんだお騒がせをしてしまって」

「まぁ男としちゃあわからねぇでもねぇがなぁ」

勘一がうんうんと頷いてから、ふと何か思いついたように立ち上がります。

「そうだ、ちょいと待っててくれよ」

皆が何だろうと思いながら店へ向かう勘一の背中を追います。勘一は棚の間をぐるっと回って何冊かの本を持って戻ってきましたよ。よいせと座り、集めてきた五、六冊の古本を三石さんの前に置きました。

「三石さんよ。あんたがごそっと買っていってくれた本はよ、まぁ中にはいい本もあるが、入院中に読むにはちょいと気が滅入っちまうものもたくさん交じってる。今持ってきたこいつはな」

ぽん、と古本の山を叩きました。

「希望のある物語ばっかりよ」

「希望」

呟いて、三石さんが本を見ました。勘一は何を持ってきたのでしょう。

イーサン・ケイニン『あの夏、ブルー・リヴァーで』、バリー・リード『評決』、E・

アニー・プルー『港湾ニュース《シッピング》』、アーウィン・ショー『真夜中の滑降』、デイモン・ラニアン『ブロードウェイの天使』ですか。海外文学ばかりですが、確かに、勘一の言うように希望のある物語ばかりですね。

「日本文学じゃあ、あれだ、リアル過ぎるからよ。海外文学の方がいいと思ってな。こいつを持ってってくれよ。クリスマスプレゼントだ。男から貰うのが気持ち悪かったら入院見舞いってことでよ」

「いやそんな」

三石さん、遠慮します。

「持っていってください」

藍子です。微笑んで三石さんに向かって言います。

「そして、退院したら、私は隣のカフェにいますから、コーヒーを飲みに来て感想を聞かせてください」

お待ちしています、と藍子はゆっくり頭を下げます。三石さん、少し瞳を潤ませましたが力強く頷きました。

「ありがとうございます」

それから勘一に向かって頭を下げました。

「元気になって、必ずまたお伺いします」

「おう、待ってるぜ」

大変でしょうけど、気持ちの持ちようで変わってくると言いますからね。頑張ってください。

さて、と勘一が奈良さんを見ました。

「お騒がせしましたね」

「いえいえ」

奈良さん、微笑んで頷きます。

「今のお話を伺っていて、さらに確信しました」

「確信？」

勘一が首を捻ります。

「まずは、皆さんご免なさいませ。私と息子の行動でお騒がせしました」

「いやいや、何も頭を下げてもらうようなことはないですぜ？　ちょいと疑問に思ったってだけで」

奈良さん、首を二度三度軽く横に動かします。池沢さんを見ていても思いますが、どうして一流の女優さんというのはこうも動きが優雅なのでしょうね。

「私がいけなかったんですよ。初めっから百合枝ちゃんに確認すれば良かったのに、自分で判断しようと思ってしまってね」

さて、話がまだ見えませんね。勘一も首を捻ります。

「我南人さんを通じて、百合枝ちゃんから電話を貰って事情を聞いてこうして飛んできたのですよ」

池沢さんが電話したのですか。勘一が顔を顰めて我南人に言います。

「おめぇはまたどうしてそういう勝手を。いくらおめぇと池沢さんの仲でもよぉ、家のごたごたで池沢さんの手をわずらわしちゃあよ」

「親父ぃ」

「なんでぇ」

「そんなふうに気を使うことないねぇ。彼女もぉ、家族じゃないかぁ。女優の池沢百合枝じゃなくてぇ、家族の池沢百合枝にぃ、悪いけど頼むなってさぁ用事を頼んじゃってもいいんじゃないのぉお?」

我南人がいつもの笑顔で言います。ずっと黙って話を聞いていた池沢さんも、微笑みました。勘一が、眼を一度大きく剝《む》いてから、ぼりぼりと頭を搔きます。こちらも黙って話を聞いていた青をちらりと見ると、青も軽く頷きました。

勘一、ぱしん！　と軽く自分の腿《もも》を打ちます。

「そうだったな。確かにこりゃあ俺の見当違いだった。てめぇに教えられるたぁ俺もやきが回ったもんだ」

ありがとな、と、勘一はいつもの、家族へ接する口調で池沢さんに言います。池沢さんもこくんと軽く頷きます。

「いいえ、何でもありません」

「それで？　一体何がどうしたっていうんですかね。確信したってえのはどういうこって」

奈良さんが頷いて、脇に置いておいた風呂敷包みをそっと座卓の上に載せました。何か薄い箱のようですね。さっと風呂敷を解くと中からは桐の箱が。

「堀田勘一さん」

「ほい」

「まずはどうぞお納めください。今日は、これをお返しに上がりました」

頭を下げながら奈良さんが言います。勘一が顔を顰めます。

「開けていいんですかい？」

「どうぞ」

わけもわからず、勘一は桐箱の蓋《ふた》を開けました。そこには随分と古びた原稿用紙がたくさん束ねられています。勘一は眼を細めてそれをじっと眺めます。紺も、すずみさんも、額を寄せ合って覗き込みました。しばしの間、三人がその文章を読んでいました。

「おっ！」

「え?」

「ええっ?」

　三人で同時に大きな声を上げました。

「奈良さん！　こいつぁ！」

　わたしもわかりました。これは、我が家の〈呪いの目録〉の原稿じゃありませんか。いいえ、もう呪いではないのですがいまだに蔵に眠っています。初代が制作した〈東京バンドワゴン〉所蔵の古書をまとめたものですが、名だたる文豪たちが寄稿している実に豪華な目録なのです。

　これは、その目録に収録されている文豪たちの直筆の原稿用紙です。間違いなくそうです。

「奈良さん、こいつぁいったい。これをどこで」

「実は、もう六十年も前になりますが、あなたのお父様、堀田草平さんにお預かりしたものです」

「親父に!?」

　まぁ、お義父さんに。六十年も前というと、まだ我南人が幼い、終戦後すぐの頃でしょうか。奈良さんだってまだ十代の頃ですね。

「いったい、どういうわけであんたと親父が?」

「私は、実は伊豆《いず》の出身なのです」

「伊豆」

お義父さんとお義母《かあ》さんが転地療養のために移り住んだのが伊豆でしたよね。あれは昭和二十一年のことでしたでしょうか。奈良さん、昔を懐かしむように穏やかに微笑みながら話を続けます。

「もう何年頃だったかも朧《おぼろ》げなのですが、東京に出たばかりの私は若気の至りと言いますか、仲間と劇団を立ち上げたのですよ。ただもう若さの勢いだけが頼りの劇団でした。戦後の復興の勢いとともに新しい演劇を私たちの手で創り上げるのだと、そりゃあもう血気盛んで、それでもですね」

ふぅ、と息を吐きました。お茶を一口飲まれました。

「当たり前のように資金難に陥り、解散の危機に見舞われたのですよ。それを救ってくれたのが、堀田さんだったのです」

「親父が？」

「堀田草平さんが、私の劇団のパトロンになってくれたのです」

パトロン。純粋な意味では芸術に理解を示し、資金を援助してくれる人のことでしょうが。

「パトロンって、まさか、あの堅物親父が？」

勘一がびっくりしています。こんなに驚いた表情をするのは随分と久しぶりですよね。奈良さん、微笑んで一、二度軽く首を横に振りました。

「正直に申し上げます。私は草平さんとそういう関係になってもいいと思っていました。奥さんがおられることは承知で、そう思ったのです。けれども草平さんはそんなことを望んではおられませんでした。純粋に私たちの演劇を認めてくれて資金を援助してくれたのです。ご自身が持っていた古本や美術品を売ってです」

お義父さんのことを直接知っているのは、この中ではかずみちゃんだけですね。かずみちゃんが、うんうん、と頷いています。

「劇団への援助だけではなく、草平さんは私の住まいをも用意してくれました。小さな家でしたが、私はそこで何不自由なく暮らせるものを与えられて、劇団に専念できたのです。草平さんも時々やってきてくれました。端から見ると、まさしく愛人と思われたかもしれませんし、劇団員の中にはそう思っている人もいました。けれども」

「親父は、金銭の援助しかしなかったってことですかい。見返りも何も望まないで」

奈良さん、こくりと頷きます。

「援助してくれても劇団はなかなか認められませんでした。何のお返しもできない私は心苦しくて、今では本当に若かったと、草平さんの純粋な気持ちを踏みにじるような行為をした自分を恥じますが、自ら一糸纏《いっしまと》わぬ姿を投げ出した事もあります。けれども、草平さんは笑って私を窘《たしな》めたのです。本当に、本当に、心だけで私と、私の劇団を愛してくれたのです」

「なんとまぁ」

勘一が、笑って頭を二度三度振りました。

「親父らしいというかとんだ朴念仁《ぼくねんじん》というか」

「笑っていただけるのですか」

「笑うしかねぇでしょうよ。六十年も前の親父の秘め事を聞かされたんだ。しかも大女優の口からねぇ。いやこりゃ参った。なぁかずみよ」

かずみちゃんも苦笑いします。

「本当にねぇ、あの草平ちゃんが。いくら純愛だったとはいえ、美稲《みね》さん一筋の人だったのに」

そうですよ。お義母さんの具合が悪くなると、身代を全部勘一に譲って、伊豆に転地療養に行ってしまうような人でしたのに。

「それでなのです」

奈良さんが続けます。

「実は、私が知っていたのは〈伊豆の堀田草平さん〉ということだけだったのです。数々の貴重な本や美術品を持っている酔狂な人、というだけ。草平さんも何も私には教えてくれなかったのです。それどころか、絶対に家には近寄るなと。奥様に少しでも悟られれば身体の具合がどうなるかわからないと」

「ってことは、この店のことも知らなかったってことですかい」

はい、と、奈良さん頷きます。

「まったく知りませんでした。本当にただの好事家《こうずか》としかわからなかったのです。さらに、ようやく私の劇団も評価をいただき、経営も軌道に乗り出した頃に、草平さんは伊豆からもいなくなってしまったのです。私に何も告げずに」

「親父はね、さらに南に行っちまったんですよ。九州は佐賀の嬉野《うれしの》ってところにね」

そうでした。結局そこがお二人の終《つい》の住《す》み処《か》になりましたよね。

「九州でしたか」

奈良さん、少し驚いた顔をしました。

「道理で、いくら捜してもわからないはずですねぇ」

「じゃあ、奈良さんは親父とはそれっきり」

「そうなんです」

とにかく名前しかわからない。迷惑を掛けられないので大っぴらにも捜せなかった。

奈良さんはそう言います。

あの時代のことですからね。情報が簡単にたくさん飛び交う今と違って、何も告げずにいなくなった人を捜すのは本当に困難な事でしたよ。

「ほとんど諦めていました。私もこの年です。もうこのままあの世でお会いするしかないと覚悟していたのですが、そうしたら、百合枝ちゃんがやっかいになってるという〈はる〉さんでねぇ」

「俺と会ったってわけですね」

堀田という名前、古くから続く古本屋をやっているという話。

「そういやぁ、奈良さん、あんときに親父の名前は何と言うんだと俺に訊いていましたっけね」

　奈良さん、こくんと頷きます。

「ようやく見つけたと、心の中で狂喜乱舞していたのですよ。もちろん、草平さんがまだ存命とは思えません。でも、いざというときには売って金にしろと言われていた古書の数々だけはお返ししたいと思っていたのです。けれども」

　一度言葉を切りました。

「清い関係だったとはいえ、今さら実は愛人紛《まが》いでございましたと名乗り出られても迷惑千万というものでしょう。ひとつ間違えば、堀田家に、お宅様に諍《いさか》いを運びかねません。そこで、本当に失礼とは思いましたが」

「我が家に足を運んで、息子さんを使って本を売ったり、俺と話し込んだりして見極めていたってわけですな。我が家が、まぁそんな話を持ち込んでも大丈夫な家かどうかを」

勘一が大声で笑いました。

「そういう意味じゃあ、うちは屁《へ》でもねえってもんで。何せややこしい事情のオンパレードみたいな家ですからな」

皆が笑います。本当にそうですよ。

奈良さんも少し微笑んでから、すっ、と居住まいを正しました。唇が引き締められました。心なしかその瞳が潤んでいます。

「この何十年、ずっとずっと、草平さんに、叶《かな》わなければそのお身内の方に御礼を申し上げたかったのでございます」

声が震えます。けれども、まるでスクリーンの中での奈良さんのようにはっきりと声を響かせます。

「この奈良勢津子は、あなたのお父様の純粋な御好意のお蔭でこうして陽の当たる道を歩いてこられました。今ここにこうしているのは草平さんの限りない無償の愛のお蔭です。どんなに感謝してもしきれません。本当に、本当にありがとうございました。心より御礼申し上げます」

ゆっくりと言って、畳に三つ指をつき深く深く頭を下げます。勘一も一度背筋を伸ばし、奈良さんに向かって同じように頭を下げます。

「こちらこそ、父がお世話になりやした。わざわざ思い出の品をお持ちいただきありがとうございます」

顔を上げた奈良さんは微笑まれて、ほぅと息を吐きました。ようやく荷物を下ろしたような気持ちになれたのでしょうね。話を聞いていた皆も同じようにほっとした顔をしています。池沢さんも、何かに納得されたように微笑んでいますね。

「親父ぃ」

「なんでぇ」

「LOVEだねぇ」

あぁ、それですか。

「本当のLOVEはぁ、時を超えるんだねぇ。三石くんもぉ、奈良さんもぉ、昔々に貰った形の変えようもない本物のLOVEをずっとずっと大切に心に抱えてきたんだねぇ。それが生きる力になったんだよねぇ」

勘一がまたかよ、という顔をしましたが頷きます。

「まぁそういうこったな」

ずっと静かに話を聞いていました三石さんも、微笑んで、我南人に向かって小さく頭を下げます。

「さぁて、堅苦しいのはこれぐらいにして、後は旨い食事を食べながら話すことにしましょうや。おい、研人や花陽を呼んでやれ。もういいぞってな」

＊

紺が仏間にやってきました。話せるでしょうか。仏壇の前に座り、おりんをちりんと鳴らします。

「ばあちゃん」

「はい、お疲れさま。かんなちゃんと鈴花ちゃんはちゃんと眠ったのかい？」

「もう興奮しちゃってね。今日はまたやたらお客さんが多かったから」

「そうだよねぇ。知らない人もたくさんいたし」

「でも、楽しかったよ。それにしても草平じいちゃんには驚いたね」

「まったくですよ。まさかこの年になってお義父さんの秘密を知ることができるとはねぇ。人生おもしろいものですね」

「いや人生って。ばあちゃんも凄いよね。この世にいなくても新しい思い出をどんどん作れてさ」

「本当に、誰に感謝していいものやらわかりませんけどね」

「奈良さんこれからもちょくちょく顔出すって言ってるけどさ、ばあちゃんヤキモチ焼かない？　あれ？　終わりかな」

はい、お疲れさまでした。ヤキモチですか。そうですねぇ、生きてる間にヤキモチのひとつでも焼きたかったところですよ。お惚気《のろけ》ではなく、本当に勘一はそういうのに無縁の人でしたからね。お義父さんのことは相当驚いたんじゃないでしょうかね。むしろお義父さんによく似た紺に、今後の参考にしなさいと今度言っておきましょうかね。

世の中、男と女しかいません。昨今流行りの真ん中の人たちだって、惚れた腫れたはあるでしょう。心の細波《さざなみ》が立ってこそ、凪《なぎ》のときのありがたみがわかるってもんですよ。この頃の若い人は冒険をしないことこそ大事なんて風潮があるようですが、大波小波を乗り越えてこそ、ようやくわかるものもあるんですよ。

春

鳶《とんび》がくるりと鷹《たか》産んだ

一

春の陽射しは本当にうららかで、冬の間に凝り固まってしまった身体をゆるりと柔らかくしてくれますね。殺風景になっていた我が家の小さな庭も、いつものように淡い緑がゆっくりと芽吹き出して、心を浮き立たせてくれます。

この家を建てる前からここにあったという桜の古木は今年もたくさんの花をつけてくれました。伸びた枝は二軒お隣の庭まで桜色の花びらを届けます。毎年のことですが、辺りを薄桃色に染め上げてくれるこの桜は、本当に我が家の宝と言ってもいいものですよ。向こう三軒両隣の皆さんも、これだけは枯らしてくれるなと、毎年この時期に顔を合わせると言ってくれるのです。

今年は桜の葉を集めて塩漬けにして桜餅を作ってみようかと藍子が言っていました。

わたしがいなくなってからは誰もやらなくなってしまいましたからね。それほど難しいものではないのですから、藍子から花陽、花陽から鈴花ちゃんかんなちゃんへと伝えていってほしいですよ。

縁側を開けても暖かい日中は、冬の間は家の中に居がちだったアキとサチが待ってましたとばかりに庭を駆け回ります。二匹が我が家にやってきて何年になりましたかね。元気なくせに、こうして綱をつけなくても相変わらず我が家の敷地内からは決して出ようとしない、ちょっと臆病者の二匹です。あまり吠えもしませんから番犬には向いていないんですよ。

春といえば雛祭《ひなまつ》りがありますね。とにかく女の子が多い我が家の雛祭りは大変です。何せ今年はどの雛人形を飾るのか、というのが大きな話題になるのですからね。

いちばん古いのはわたしが残したものですが、その他に亜美さんが脇坂家から持ってきたもの、すずみさんが持ってきたもの、そうしてかんなちゃんと鈴花ちゃんに用意したもの。どうでしょう、こんな狭い家に五つも雛人形のセットがあるのですよ。一年で一日しかない雛祭りの日に押入れに仕舞われたままの人形は不憫《ふびん》ですよね。

そこで話し合いの結果、我南人が珍しく誰にでもわかりやすく真っ当なアイデアを出しました。

紺と亜美さんの部屋にはかんなちゃんの、青とすずみさんの部屋には鈴花ちゃんの雛人形を。そうして亜美さんのものはカフェに、すずみさんのものは古本屋に、わたしのものは〈藤島ハウス〉の藍子の部屋に飾ればいいと。

一体何の祭りなんだと勘一は苦笑いしましたが、これがあにはからんや皆さんに好評で、研人のお友達の芽莉依《めりい》ちゃんが友達を連れてツアーよろしく全部を見て回ったり、ご近所の皆さんがやってきたりと、三月三日は我が家は大層賑わいましたよ。

そうして、この春最大の出来事と言っていい、花陽の高校受験も見事桜が咲きました。よく頑張ったと思いますよ。家族皆で喜んで、〈はる〉さんでお祝いをしました。

でもこれからなのですよね。花陽には医大を受験し、お医者さんになるというさらに大きな目標があり、そのための塾通いも始めました。火の車が当たり前の我が家の家計ではかなりやりくりが大変なのですが、子供の未来のために苦労するのが親の役目。どうぞ皆さんしっかりやってください。

研人も無事に中学二年生に進級ですね。ぐんぐんと背が伸びて、もうお父さんの紺に追いつきそうですよ。お母さんの亜美さんも背は割りと高い方ですから、きっとすぐに見上げるようになるんでしょう。

相変わらず音楽に夢中で暇さえあればギターを弾いています。学校ではロック部などというのを立ち上げて二年生ながら部長をやっているようですよ。ですが、学校の成績には亜美さんが少々頭を抱えているようです。まぁ多少のことには眼を瞑《つむ》ってあげて、男の子は元気なことがいちばんですよ。

そういえば藤島さんはようやく自宅マンションの改装工事も終わり、〈藤島ハウス〉を出てそちらに戻っていきました。朝ご飯や晩ご飯を食べに来ることも少なくなってしまったのですが、いちばん淋しがっているのは鈴花ちゃんかんなちゃんなのです。何せ二日に一回は「ふじしまん来ないの？」と言っているんです。

先日などはどこで覚えたのか、座卓の上にあった藍子の携帯をいじって藤島さんに電話してしまったんですよ。

後から藤島さんに話を聞くと、電話が掛かってきたのは商談の最中だったのですが、一度も掛かってきたことのない藍子からの電話です。何せ我が家は老人もいますから、まさか、と、そんなことも頭をよぎり慌てて電話に出たら、いきなりかんなちゃん鈴花ちゃんの「ふじしまーん！」という元気な声が携帯電話のスピーカーから会議室の皆さんに聞こえる程に響き渡ったとか。

亜美さんすずみさんが平身低頭でしたけど、子供好きの方ばっかりで、お蔭で商談が和やかに進んで上手く行ったとか。済みませんでしたね本当に。

そんな春の四月の終わり頃。

堀田家の朝は変わらず賑やかです。朝ご飯の支度にかずみちゃんと藍子と亜美さん、すずみさんが忙しく台所で動きます。高校生活にも慣れてきた花陽もまた料理のお手伝いをするようになりましたね。マードックさんと研人は鈴花ちゃんかんなちゃんがお箸などを並べるのを見守っています。

今日は白いご飯ではなくパンになったようですね。朝は白いご飯の和食が基本の我が家ですが、パンや洋食も思いついたように出て来ます。大体、一週間に一回ぐらいでしょうか。

難点は人数分いっぺんにトーストができないことでしょうかね。コッペパンも並んでいますから好き好きで選ぶのでしょう。ボイルしたソーセージに、玉子とコーンがたっぷり入ったジャーマンポテト、野菜がたくさんのミネストローネに牛乳。お腹の弱い人はホットミルクですね。野菜サラダとポテトサラダもたくさんです。

座卓にはいつものように上座には勘一がどっかと座り、新聞を読んでいます。その向かいには我南人が座り、縁側の方には藍子にマードックさん、鈴花ちゃんとかんなちゃんが花陽と研人に挟まれて座ります。お店側にかずみちゃんとすずみさんに青、紺に亜美さん。

皆揃ったところで「いただきます」です。

「庭箒《にわぼうき》を買ってこなくちゃ」

「母さんジャージの膝に穴が開いちゃったんだけどさ」

「母屋の屋根瓦を見たのっていつだっけ、一昨年《おととし》？」

「あ、ホームセンター行くならついでにキャットフードとドッグフードも」

「かんちーじーちゃんこぼした」

「今夜はぁ、フーちゃんも来るからねぇ」

「あら、待ちなさいよチラシ入っていたから。後で見ておくから」

「早く言ってよそういうことは。もう一枚買ってあったわよね？」

「生協で安いの出るまでもたない？」

「確か花陽が中学に入る年だったよ。そういやそろそろ点検した方がいいなぁ」

「おい、納豆出してくれ納豆。まだあったろ」

「くびわも、やすいのあったら、みてきたほうがいいですね。みんなのもうぼろぼろです」

「おいおいおい」

「あちゃ、ごめんなぁかんちーじーちゃんこぼしちゃったねぇ」

「納豆ですか？　ご飯の残り温めます？」

「あ、屋根上がるなら日曜にしてよオレやるから！」

「そういやぁ、キースからぁ手紙が来てたねぇ。ロンドンに新しい家を買ったから遊びに来いってぇえ」

「犬猫も人様並みにお金が掛かるねぇ」

「お前は相変わらず高いところ好きだね」

「行きたい！　イギリスのおじいちゃんおばあちゃんにも会いたい！」

「旦那さん納豆トーストですか！」

「旨いんだってこれがよ。しらすがあればもっといいんだけどな」

納豆トーストは確かに美味しいと評判のようですけど、何もそんなに納豆を載せなくたっていいと思うのですが。しかもなんです沢庵《たくあん》のみじん切りの上に葱《ねぎ》までそんなにたくさん。とても洋食の朝ご飯とは思えない匂いが居間中に漂ってますよ。

「イギリスって言えば花陽に昨日荷物来てたよな」

青が訊きました。確かにイギリスから荷物が届いていましたよね。

「うん、凌一《りよういち》くんから、合格のお祝いだって」

あら、そうだったのですね。マードックさんのお父さんお母さんからは既に届いていたので追加かと思っていたのですが。

「凌一ってのはあいつらだな。イギリスに行った双子の」

「そう、神林《かんばやし》くん。恭一《きよういち》くんと凌一くんね」

花陽はちょっとだけ微笑みます。花陽が中学二年生のときに、お父さんのお仕事の都合でイギリスに引っ越していったのですよね。

高校生になって、花陽は女らしい笑みを見せるようになりました。藍子そっくりの微笑みです。人によっては何を考えているのかわからない謎の微笑みなんて言うようですけど。

「何送ってきたの？」

研人が訊きます。

「あら研人、それを訊くのは野暮ってもんよ」

「あぁそうか。わりぃ」

かずみちゃんに言われて研人も頷きますが、花陽が軽く笑います。

「そんな隠すようなものじゃないから。イギリスの絵本だよ」

「ほう。そういやあれだな。凌一ってのは根っからの本好きだったな」

そうでしたね。勘一の記憶力もまだまだ衰えていないようです。

「手紙もよくくれるよね」

「向こうであったおもしろいこと、いろいろ書いてきてくれる。メールもあるのにね」

「そこを手紙ってのが粋よね。あの子」

亜美さんが言います。確かに一瞬で届いてしまうパソコンのメールは便利ですが、エアメールというのは心を浮き立たせますよ。先日の手紙には日本在住だけどイギリスに里帰りしている、家の勘一や我南人と同じぐらい面白いおじいさんと友達になったと書いてあったと、花陽が藍子に話していたのを聞きましたっけ。

いつかイギリスに行きたいと花陽も研人も言っています。マードックさんの里帰りのときに一緒に行ければいいのですが、なかなか難しいですね。もし実現できれば、そのときには神林くんたちにも久しぶりに会えることでしょう。

晴天ではありませんが、薄日が差すちょうど良い感じの陽気ですね。カフェも古本屋も開店して、花陽と研人が「いってきまーす」と学校に出かけると、カフェの常連さんが「いってらっしゃい」と声を掛けてくれます。

いつもの我が家の一日が始まります。

「ほい、おはようさん」

祐円さんが今日はカフェの方から入ってきました。

「おはようございます」

「ゆーえんさん」

いつものようにカフェをうろうろしているかんなちゃんと鈴花ちゃんが身体ごとぶつかっていきます。

「おっ、新しいピカピカ美人二人は今日も元気だね。どら、はいどうぞ。おつむてんてん」

しゃがみこんだ祐円さんのつるつるの頭を、二人がけらけらと笑いながらぺしぺしと叩きます。これもいつもの光景なんですけど、祐円さんあまり変なことを教えないでくださいね。

「亜美ちゃんも藍子ちゃんも相変わらず美人だね」

「どうせ古い美人ですよ」

「古いものには味があるんだよ。コーヒー頼むね」

笑いながら祐円さんは勝手知ったる我が家、裏から居間を通って古本屋に入っていきます。

「おはよう勘さん」

「おう。おはよう。たまにはコーヒー代払っていけよ生臭《なまぐさ》神主」

帳場で熱いお茶を飲んでいた勘一が言います。

「何言ってんだよこの八十年間俺が今までどんだけここに貢献してきたか。なぁすずみちゃん」

「知りません」

棚の本の整理をしていたすずみさんが笑います。

「冷たいねぇ。そういやすずみちゃん次の子供はまだかい」

「そんなにぽんぽん産めませんよー」

「いや子供はね、年が離れないうちに次から次に産んだ方がいいんだよ。いっぺんに大人になるから楽なんだ」

まぁそういうふうに仰る方もいらっしゃいますけどね。すずみさんもまだ三十前ですから鈴花ちゃんの弟か妹を考えてもいいのでしょうけど、これぱっかりは授かりものですから。

「それでさ、勘さんよ」

「なんでぇ」

祐円さん、文机の上にあった勘一の煙草を一本取って火を点けます。

「彰子《しょうこ》がさ昨夜家にやってきてさ」

「おう彰子ちゃん元気か」

彰子さんとは祐円さんの従妹《いとこ》ですね。確か今年還暦を迎えられたはずですよ。

「元気も元気。で、どっかに若いいい男はいないかっていうんだよな」

「あぁ、またかよ」

そうでした。確か彰子さんはその昔は結婚相談所をやられていたんですよね。藍子にも以前お見合いの話を持ってきたことがありましたし、その昔は我南人にもありましたよね。

「生憎我が家の男は品切れ中だよ。早くて研人の十年後だな」

「それがさぁ、どこで聞きつけてきたもんだか、藤島ちゃんのことを言ってきてよ」

「藤島ぁ？」

あらまぁ。藤島さんですか。

「隣の〈藤島ハウス〉の持ち主は社長で金持ちでいい男で独身だろうってな。ここと家族同然に親しくしてるんだから話つけてきてよって言い出してさ」

「何だよ、藤島に見合い写真を持ってくるってことかよ」

「そういうこったろうな」

この頃はあれですね、婚活なんていう言葉もあるのでしょう。まぁそれ自体は悪いことではないと思いますが。

「んなこと言われてもなぁすずみちゃん。あいつが見合いなんかするかぁ？」

勘一に話を振られたすずみさん、本棚整理の手を止めて、うーん、と少し考えます。

「ご飯を食べに来たときにでも、訊いてみるだけならいいんじゃないでしょうかね。別に悪い話ってわけじゃないんだし」

「まぁそうか」

煙草に火を点けて勘一が頷きます。

「当然、あの男に似合いの見合い話ってこったろうな」

「だと思うぜ。あれで彰子はまともな話しか持ってこないしな。藍子ちゃんのときだってそうだったろう？」

「そうさな。ありゃあなかなかいい男だった。結局マードックの野郎なんか選びやがって」

「どんな人だったんですか？」

すずみさんが興味津々です。そういえば、すずみさんが我が家にやってくる前の話ですよ。勘一、ちょいと唇をへの字にしましたよ。

「今にして思えば断ったのも納得って感じだがな。バツイチで、そりゃあまぁどうでもいいんだが、職業がどこぞの大学教授でよ」

「あら」

すずみさんも思わず苦笑いです。

「それは断りますね」

「だよねぇ」

祐円さんも頭をぴしゃっと叩きます。

「あんときは誰も事情を知らなかったからな」

人生色々ありますね。

「そういえば成美《なるみ》もこの間、お見合いの話が来たって言ってました」

「おう、成美ちゃんか。そういや久しく顔を見てねぇな」

すずみさんの学生時代からのお友達ですね。とても仲が良くて、親友という感じのお嬢さんです。我が家にもよく顔を見せてくれました。

「出世したんですよあの子。上司になったので忙しくて眼が回るって言ってました」

「そりゃあいいこった。こんな時代に忙しいってのはな」

確か、電器関係のショールームか何かにお勤めでしたね。ハキハキした受け答えが印象的な元気なお嬢さんで、勘一も気に入っていました。

「たまには顔を出しなって言っといてくれよ」

「わかりました」

「藤島ちゃんにも訊いておいてよね。お見合い写真の件」

考えてみればすずみさんは毎日このややこしい老人たちの相手をしているのですよね。そう言っては可哀相ですけど本当に酔狂な娘さんですよ。

＊

午後になりました。お昼ご飯にはうどんを食べたかんなちゃん鈴花ちゃんは、二階でお昼寝をしています。今日はすずみさんが寝かしつけたようですね。一緒になって眠ってしまいました。我が家にやってきた頃はまだ大学を卒業したばかりだったすずみさん。

すっかりお母さんとしてたくましくなりましたが、元々童顔ですから、寝顔は本当にあどけないです。

気温が急に高くなったので廊下の窓を開け放して、心地よい風が流れています。廊下の真ん中でベンジャミンが大の字になって寝ていますよ。我が家の猫の中ではいちばん寝相が悪いですよね。

窓から庭を見下ろしますと、蔵の扉や窓を開け放して、紺と青が何やら蔵の中で話をしているようです。まだ虫干しには早い時期ですが何をしているのでしょうね。ちょいと覗いてみましょう。

もちろん創業当時からありますこの土蔵。中は見かけよりかなり広くて、勘一以外、わたしたちもよく知らない地下倉庫もあります。その気になれば大人が二、三人はお昼寝できる中二階もありまして、夏場などは涼しくて良いのですよね。そういえば亜美さんやすずみさんが妊娠中はよくここでお昼寝していました。

壁一面と言わずありとあらゆるところが本棚や引き出しのついた棚になっていまして、古くは奈良時代の絵巻物まで保存されています。業界の皆さんの間では〈宝蔵〉とまで呼ばれていまして、古今東西ありとあらゆる貴重な古典籍、古書、新聞などが保存されています。

あら、誰かと思えば木島さんじゃありませんか。気づきませんでしたね、いつお越しになったのでしょう。

「いやしかし」

中二階で辺りをぐるりと見回し、木島さん感心したように溜息をつきます。

「俺は今まで古本とかにはあんまり興味なかったですけどねぇ、こいつぁ本当にすげぇや」

「でしょ？」

青が笑います。

「色んな連中がここを探りたくなるのもわかるってもんですよ」

その節は木島さんに本当にお世話になりましたよ。

「それで、どうしたの。じいちゃんに聞かせたくない話って」

紺が訊くと、木島さん、うむ、と頷きます。まぁ、なんでしょう。また何か怪しい人たちでもいたのでしょうか。

「たまたま耳にしたもんなんですがね。紺さんなら知ってるでしょうが〈山端《やまばた》文庫〉なんですよ」

「あぁ」

紺も青も頷きます。わたしも知っていますよ。日本でも屈指の古典籍や古書を揃えたところですね。

「M大学附属の私設研究所だよね。正式名称はなんだっけ」

「M大学附属書誌学山端爾後《じご》研究所だね。通称〈山端文庫〉」

紺が答えました。M大学と言えば、藍子とすずみさんの母校ですよ。藍子は学部が違いますが、すずみさんなどは国文学専攻でしたからある程度はお世話になったのではないでしょうか。

「そこの書誌学やってる教授さんだか何だかが、〈東京バンドワゴン〉には並々ならぬ恨みを持ってるって話なんですが、聞いたことありますかね」

「恨み？」

「ここに？」

「まぁ」

木島さん、少し顔を顰めます。

「具体的には堀田勘一に恨みを抱いているってことでしょうがね」

勘一に、恨みですか。わたしもそんな話は聞いたことがありません。あの人は確かに口より先に手が出る人ですが、他人様《ひとさま》に恨みを買うような真似をする人ではないのですが。

「じいちゃんにかぁ」

紺が腕組みします。

「聞いたことないなぁ」

　青も頷きます。

「俺も詳しくはないんですがね。書誌学ってぇ学問をやってるところと古本屋ってのは切っても切れない縁なんですって？」

「そうだね」

　紺です。

「書誌学っていうのは文字通り、その本がどのように作られて成立したかっていうのを具体的に実証していく学問で、要するに書物の歴史カタログ、取扱説明書を作るようなものなんだ。だから研究するその時代時代のテキスト、古書の数があればあるほどいい」

「古本屋にこの時代のこういう本がないかって注文を常に出しているよね」

　紺の説明に青も付け加えます。木島さん、記者さんの習性なのでしょうね。メモ帳を取り出して書き付けながら話を聞いています。

「なるほどね、そりゃあ確かに切っても切れない縁だ」

「ただし、一方通行だけどね」

「一方通行？」

　紺が頷いて続けます。

「古本屋にしてみればいいお客さんなんだけど、正直そういうところは予算が少ない。だから思いっきり値切られるし、売った古本が将来また戻ってくるかといえばそんなことはほとんどない。研究対象になった古書はまずその書誌学をやってる大学の蔵書になって、一般に流通することはなくなるからね」

「口の悪い古本屋は〈墓場に持ってく〉なんて言うよね」

それは本当に底意地の悪い方の言い方ですよ。普通はそんな風には言いません。お互いに持ちつ持たれつの関係なんですから。木島さん、うんうんと頷きメモを取っています。

「じゃあその恨みってのもそんなところなんですかねぇ」

「どうなのかなぁ、少なくとも家に〈山端文庫〉の人が来たことはないけどね」

青が言います。

「でも、その恨みを持ってる、というのは木島さんが聞いてこうやって教えに来たぐらいだから事実なんだよね？」

「間違いなく。それで何がどうこうしてるってことじゃねぇんですけどね。気になったんで堀田さんに確認してみようかと思ったんですが、まぁ余計な心配事持ち込んでもなんだなと。わざわざ火種持ってきて煙を上げる必要もないかと思いましてね」

紺が、うん、と頷きます。

「じいちゃんも、元気とはいえ、いい加減年だからね」
「俺たちも気をつけてみるよ」
「そうしてください。俺の方でもまた何かその手の情報が入ってきたらすぐにお知らせしますんで」

木島さん、お忙しいのに気を使っていただいて申し訳ないですね。せめてカフェで美味しいコーヒーでも飲んでいってくれればいいんですが、勘一に気づかれないうちに帰ると手を振って行ってしまいました。ありがとうございます本当に。

あぁ、カフェでは我南人とナリちゃんことミュージシャンの中川浩成さんと安藤風一郎《あんどうふういちろう》さんが何やらテーブルでお話をしています。二人のジョイントライブが今夜ありますから、その打ち合わせでしょうか。

中川さん、相変わらずのスキンヘッドに強面。ちょっと見にはあまりよろしくない関係の方に見えてしまいますが、優しくて、どちらかといえば気が弱い方でしょうかね。我が家のアキとサチの吠える声にも驚いていたぐらいですから。

風一郎さんのアルコール依存症も治療を重ねて、どうやら今は落ち着いているようです。奥さんとお子さんと一緒に暮らして音楽活動も充実し、近頃は音楽だけではなく、奥さんと二人で何かお店でもできないかといろいろ考えているようですよ。もちろん、お酒を出すお店以外でですね。

　お蔭様でライブは好評で、今では一週間に一回行っています。お客さんもたくさんやってきて、カフェの売り上げにも充分貢献してくれています。家の人間もすっかり準備やその他もろもろに慣れました。

「我南人さん」

　中川さんが飲んでいるのはホットミルクですか。これもあまり雰囲気には合いませんね。

「なぁにぃ」

「今夜のライブ終わったらですね、あの、ちょっと相談があるんすけどね」

「相談ぅん？」

「はい」

　何やら神妙な面持ちの中川さんですが、我南人に相談なんてロクなことになりませんからやめた方がいいですよ。もっとも音楽についての話なら別なんでしょうけれど。

「今でもいいよぉお」

「いや、今はちょっと」

　辺りを見回して言います。他のお客様もいるところでは話せない内容でしょうか。

「何だよ。俺にも言えないのか」

風一郎さんが少し心配そうに言います。そういえば風一郎さんと中川さんはそんなに年齢は変わらないですよね。

「いや、風一郎さんにも聞いてもらっていいんですけど」

中川さん、音楽だけでは食べていけずに普段は金物屋さんで働いています。刃物の専門家でもありまして、包丁研ぎの腕前はかなりのものだそうですよ。我が家の包丁も研いでもらっています。ギタリストで指は何より大事なはずなのに刃物を扱う商売というのも不思議ですが、本人が言うには包丁研ぎもやはり指先の感覚というのが非常に大事なんだとか。

「まぁいいよぉ、終わったらゆっくり話そうねぇえ」

何の頼りにもならない男だとは思いますが、ミュージシャンの皆さんの間ではやはり頼れる大先輩なのでしょうか。少しは皆さんのお役に立てればいいんですが。

二

春の夕暮れ時はまた風情があっていいですよね。まだそれほど陽が長くありませんから、あちらこちらの家々に明かりが灯るのと、空がだんだんに茜色《あかねいろ》に染まってくるのが程好《ほどよ》い感じで溶け合います。

あまり陽が差し込んでくると本が焼けてしまいますから、古本屋の窓はそれほど大きくはなく、レースのカーテンも掛かっています。蛍光灯の明かりを嫌う勘一なので、以前は白熱灯ばかりの照明で、少々薄暗い感じもあった店なのですが、世の中便利になりましたよね。明るい蛍光灯でも白熱灯の色のものでしかもあの裸電球と同じ形のものがあるんですから。全部それに替えた店内は以前よりも明るくなっています。

「さぁかんなちゃん鈴花ちゃん行くわよー」

すずみさんとかずみちゃんと青が、二人を連れて夕ご飯の前に買い物に出かけます。我が家は宅配で食材を届けてくれるものも利用していますけど、やはり日々のお買い物は近所の商店街。人数も多いですから、食材を買うだけでも大荷物になり一苦労です。かんなちゃん鈴花ちゃんは随分長く歩くようになりましたが、まだベビーカーは手放せません。二人が乗らないときには買い物袋を置けるのでそれは楽ですよね。わたしも一緒に行きましょうか。

かんなちゃんと鈴花ちゃん、二人は青と手を繋いでにこにこしながら歩きます。こうしていると花陽が子供の頃を思い出しますね。あの子も何故か青にばかりくっついて歩いていました。もちろん鈴花ちゃんにとってはお父さんなのですから当然ですが、見目《みめ》麗《うるわ》しい男性が好きなのは血筋なのですかね。

「どこいくのー」

「そうだね、魚屋さんにも行こう」
「さかなやさん？」

ご近所には何でもあります。魚屋さんに八百屋さん、和菓子屋さんにパン屋さん、薬局に本屋さんに美容院。うどん屋さんにお蕎麦《そば》屋さんにお寿司屋さん。ないものがないぐらいに揃っていて、そのどれもが個人商店。何でも扱うスーパーもありますが、そこも地元に密着した形でお店をやっています。

こうして長年この町に住んでいて思うのですよ。人間は歩いて行ける範囲で日々の生活をすることがいちばん気持ち良く過ごせるのではないかと。もちろん遠出を否定するつもりはありませんが、日々使うものを自分の家の周りで用意する。溜め込まないでその日のうちに使ってしまう。

理想なんてものは人それぞれでしょうけど、人が持って生まれたこの身体に無理なく過ごすことがいちばんいいのではないでしょうかね。遠くを見ることももちろん必要でしょうが、まずは身の回りをしっかり見つめることが大事なのではないでしょうか。

あら、鞄を手に向こうから歩いてくるのは花陽じゃありませんか。高校の制服もすっかり板に付きました。割りとショートカットを好む女の子だったのですが、去年からずっと伸ばしている髪の毛も今ではロングと言えるほどですね。

「かんなちゃーん、鈴花ちゃーん」

花陽がニコニコしながら呼ぶと二人が駆け出します。あんまり急ぐと転びますよ。

「かよちゃーん」

二人が身体ごと花陽にぶつかっていきます。

「お帰り」

「ただいま」

花陽はこの後すぐに塾です。サンドイッチなどの軽い食事を食べてそのまま向かいます。週に何日かは家族と一緒に晩ご飯を食べられなくなりましたけど、それは致し方ないですね。

「またねー」

「ばいばーい」

二人が大きく手を振ります。花陽の後ろ姿を見る青が何か笑みを浮かべていますね。

「どうしたの」

すずみさんが訊きます。

「いや、高校に入って急に女らしくなってきたなと」

「そりゃあそうよ」

すずみさんが頷きます。

「そういうものなの。いつまでも青ちゃん青ちゃんってくっついてくる子供じゃないのよ」

その通りですね。高校一年ですから十六歳。その昔ならお嫁に行ってもおかしくない年齢で、実際日本の法律でも女の子は結婚できる年齢ですよ。かずみちゃんも言います。

「男はいつまでも子供だけどね。女は女になるんだよ」

「そういうものかね」

「そうさ。勘一を見てごらんな。あいつは八十を越えても十代のガキの頃からまったく変わっていないんだから」

青もすずみさんも笑います。かずみちゃんが言うと説得力がありますよね。

お買い物のお付き合いを途中でやめて、お店に戻ってきました。カフェには藍子と亜美さん、古本屋には勘一が座っています。花陽は藍子に作ってもらったサンドイッチを居間で食べながら新聞を読んでいました。これも受験前からの習慣ですね。世間のことをきちんと知らないといい医者にはなれないとかずみちゃんに言われたからです。

紺も座卓に置いたノートパソコンで何やらお仕事中ですか。物書きの方もいろいろなタイプの方がいらっしゃるのでしょうけど、紺はいつでもどこでも周りが騒がしくても書けるようです。

叔父《おじ》と姪《めい》という関係であるこの二人ですが、花陽が小さい頃から青にくっついてばかりいたので、二人きりで話しているとか、一緒に行動するというのはそう多くはありませんでした。

実は花陽、小さい頃から紺にはある意味で一目置いて、そして必要以上に絡まないようにしていたのですよ。とにかく紺の勘の良さは我が家でも際立っていますから、花陽曰く、何でも見透かされそうで、ある意味我が家でいちばん怖い存在なのだそうです。その辺は女の子の感性なのでしょうかね。

「ねぇ紺ちゃん」

「うん？」

紺がディスプレイから視線を外して花陽を見ます。花陽はちらっとカフェの方を見てから続けます。

「お母さん、まだ三十八歳だよね」

「もうすぐ九だけどね」

紺とは年子の姉弟ですからね。それにしても何でしょう唐突に。花陽は少し恥ずかしそうな笑みを見せます。

「まだ子供産めるよね」

「そうだね」

紺は早くも理解したというふうに微笑んで頷きます。わたしも何となくわかりましたが。

「マードックさんも、自分の子供欲しいと思うんだよね」

花陽が下を向きながら、照れた笑みを見せます。その表情はもう子供の顔じゃありません。そんなことを考えていたのですか。紺が優しい笑顔を見せて言います。

「俺からも言っとくよ。もう花陽のことは気にしないでいいんだから、二人の赤ちゃんを作っちゃえって」

「うん」

唇をちょっと噛んで花陽は含羞《はにか》みます。それぱっかりはどうなるかわかりませんが、子供として母親の幸せを願えるようになったということですね。いいことだと思います。

居間での会話は古本屋には聞こえますから、帳場の勘一は向こうで曾孫の成長を喜んで泣いているかもしれません。

そこに、居間の電話が鳴りました。花陽が立ち上がって受話器を取ります。

「はい、堀田です」

紺は再びノートパソコンに向かいました。

「あ、こんにちは、堀田花陽です」

フルネームを言いましたね。どなたでしょうか。

「はい、元気にやっています。はい、え?」

何事でしょう。花陽の表情が変わりました。声の調子も変わったので紺が顔を上げました。

「少々お待ちください。あの、研人のお父さんと代わります」

「どうした？」

受話器の口を塞《ふさ》いで、花陽が顰め面をします。

「研人の担任の先生から」

「先生？」

中学校の先生ですか。それで花陽のことを知っていたのですね。でも何でしょう。研人に何かありましたか。

「あいつ、部活の最中に先輩をぶん殴ったんだって」

「ええ？」

ぶん殴ったのですか？　研人が？

＊

紺と亜美さんが学校に事情を聞きに行っている間に、勘一はさっさと古本屋を閉じてしまいました。もう気が気でないんでしょうね。一緒に学校に行きたかったんでしょうけど、ぐっと堪《こら》えているのがよくわかります。子供のことは親に任せるというのはいつも言っていることですから。

カフェはこの後ライブがありますし、まさか子供の喧嘩《けんか》ぐらいで閉店するわけには行きません。亜美さんの代わりに買い物から帰ってきたすずみさんが入って、藍子と仕事をしています。花陽も心配そうでしたけど塾に向かいました。帰ってくるのは八時過ぎ。医大受験専門の塾ですから相当厳しいそうですよ。

かずみちゃんは晩ご飯の支度を始めます。今日は一日アトリエで仕事をしていたマードックさんもやってきて手伝ってくれています。かんなちゃん鈴花ちゃんは仏間に置いた小さなテレビで子供向けのアニメをＤＶＤで観ています。大きなテレビは二階にあるのですが、この子たちのために下にもあった方が眼が届いていいだろうと、我南人の幼馴染みである新《しん》ちゃんが、自宅で使わなくなったのを持ってきてくれたのです。

居間でじりじりと帰りを待っている勘一にかずみちゃんがお茶を持ってきて、声を掛けました。

「そんなにじたばたしなさんな。別に怪我《けが》したわけじゃないんだからさ」

「別にじたばたぁしてねぇよ」

かずみちゃん、苦笑いします。

「あれだね、勘一」

「なんでぇ」

「あんたの喧嘩っ早いのは青ちゃんにだけ遺伝したのかと思ったけど、案外研人にも行ったのかもね」

「うるせぇよ」

青も高校を卒業するぐらいからはすっかり落ち着いちゃいましたから。研人にしても小さい頃は特に乱暴なところはなかったんですが、どうしたのでしょうね。元気なことは元気な男の子だったんですが。

「何にしてもさ、研人だって理由もなく他人様を殴るような子じゃないでしょうに。大丈夫だよ」

「おう、わかってらい」

からからと裏の玄関が開く音がしました。帰ってきたかと勘一が腰を上げましたが、聞こえてきたのは我南人の声ですね。見ると、風一郎さんと中川さんも一緒です。今夜はお二人のライブですから早めにやってきたのでしょう。

「お邪魔します」

「おう」

風一郎さんと中川さんが挨拶するのに、勘一は仏頂面《ぶっちょうづら》のままです。二人が何かあったかと辺りを見回します。

「どうしたのぉお？　親父ぃ」

「どうしたもこうしたもねぇよ」

「研人が学校で喧嘩したんだってさ。上級生を殴ったって」

「あらぁ」

この男はどんなことが起きても気の抜けた声しか出てきません。いい意味では何事にも動じないということでしょうが、場合によっては人を苛立《いらだ》たせます。勘一なんかわかっていてもいつも苛々しますよ。

「あらぁ、じゃねぇよまったくおめぇは」

また玄関が開く音がしました。今度こそ帰ってきたのでしょう。紺の声が聞こえてきました。

「ただいま」

姿を見せた研人は、仏頂面こそしていますけど、どこにも変わった様子はありませんね。勘一や我南人の顔を見て、ただいま、と小さくぶっきらぼうに声を出します。

「ほら、まずは着替えてこい。すぐ行くぞ」

どこへ行くのでしょうか。不承不承《ふしょうぶしょう》という感じで研人は頷いて二階へ上がっていきました。風一郎さんと中川さんはこれは席を外した方がいいかと、我南人に眼で合図してカフェに向かっていきました。

「相手の家へ行くの？」

察したのでしょう。かずみちゃんがそう訊くと亜美さんが頷きました。

「私たちが着いたときにはもう向こうは帰っていたのよ。念のために病院へ行くって言って」

「怪我はなかったんじゃねぇのかよ」

紺が頷きます。

「保健室の先生も確認してる。ちょっと口の中を切ったぐらいで口内炎より軽いもんだって」

まぁそれでも親御さんにしてみれば心配なのでしょう。大袈裟とは思いますが気持ちはわかります。

「それで？　何があったんだよ」

訊いた勘一に紺が少し息を吐いて、頷きます。

「ロック部でさ、練習中に別のバンドの田代隼人《たしろはやと》くんっていう三年生のドラムの男の子をぶん殴ったんだってさ」

「研人の指は大丈夫なのかい」

かずみちゃんが訊きます。

「大丈夫。ちょっと切ったぐらいでなんでもない」

「理由はなんなんでぇ。わけもなく殴ったわけじゃねぇだろう」

「それが」

紺が首を捻ります。ちらっと我南人の顔を見ました。

「どうも親父が原因のようで」

「ぼくぅ?」

「その場にいて一緒に練習していた子たちも聞いていたし、その田代って子も言っていたから間違いないってさ。演奏の手を止めて、二人であれこれ話していたんだけど、親父の話になって田代くんが言ったんだってさ。『我南人なんてもう過去の人じゃん。オワコン?』ってね」

まぁ。オワコンとかいう言葉の意味はわかりませんが、要するに侮蔑《ぶべつ》する意味なのでしょう。勘一が眼を細くしました。当の我南人はふんふんと頷いています。

「それで、やっちまったのか研人は」

「居合わせた子たちの話によると腰の入った見事なフックだったそうだよ」

成程、と勘一は頷きます。ようやく納得したように大きく息を吐き腕組みします。

「それで、向こうに謝りに行くのか」

「そうだね」

紺も亜美さんも頷きます。

「理由はどうあれ、怪我させたのは事実だから」

「でもさ！」

縁側から声が響きます。皆が振り向くと着替えてきた研人が立っていました。

「大じいちゃんだっていっつも言ってるじゃん！　どうしようもねぇ野郎はぶん殴ってでもわからせるってさ！　何で謝りに行かなきゃならないんだよ。悪いのはあいつじゃん！」

怒っていますね。握った拳《こぶし》に力が入っています。この子のこんな顔を見るのは初めてじゃないでしょうか。勘一が研人の顔を見て、それからがしがしと頭を掻きました。

「研人よぉ」

「親父ぃ」

何か言いかけた勘一を我南人が遮りました。すっと立ち上がって、研人の頭に手をやりごしごしとこすります。

「ありがとうねぇ研人。僕のぉ、名誉を守ってくれたんだねぇ」

優しく微笑みます。研人の眼が潤んでいますね。

「でもぉ、それとぉ、相手を怪我させたことは別だねぇえ。紺ぅ」

「うん？」

「相手の家にはぁ、僕も一緒に謝りに行くよぉお。いいだろうぉ？」

紺が一瞬考えて、それから亜美さんを見てから頷きました。

「親父もぉ、それでいいよねぇえ」

勘一が、ちょっと唇をへの字にしましたが、頷きました。

「おう、きっちり謝ってこい」

＊

「でもさ」

塾から帰ってきた花陽が一人で晩ご飯を食べながら、一緒に座卓でお茶を飲んでいた勘一に言いました。今日の晩ご飯はトンカツです。紺や青や我南人はライブの準備。かんなちゃん鈴花ちゃんは〈藤島ハウス〉ですずみさんが寝かしつけています。

「研人の言う通りじゃない。悪いのはその別のバンドのドラムの子じゃない。なんでおじいちゃんまで一緒に謝りに行かなきゃならないの？　研人が可哀相だよ」

ちょっと怒っていますね。天井を見上げて、二階で大人しくしている研人のことを考えたのでしょうか。皆を騒がせたと本人も反省しているようで、ライブの準備にも顔を出さずに閉じ籠っているんですよ。

勘一と一緒にお茶を飲んでいたかずみちゃんが頷きます。

「まぁ確かにちょいと研人は不満だろうけどねぇ」

「研人のためなんだよ、花陽」

勘一が言います。

「俺が相手をぶん殴るのはよ、何もかもてめぇ一人で責任を負うってぇ覚悟があるからよ。同時にな、こんな老い先短いジジイだからどうなってもいいってぇ気楽さもな」

「気楽」

勘一は花陽に優しく微笑みかけます。

「おめぇら子供にはよ、未来ってぇもんがある。余計な責任なんか背負《しょ》い込まなくていいんだ。ランドセルん中に詰め込むもんは、希望や夢や我儘《わがまま》だけでいいってもんよ。研人が相手をぶん殴っちまったもんはしょうがねぇ。むしろ俺としちゃあ褒めてやりてぇが、ぶん殴った代わりにあいつが責任を背負い込んじまうのは、あいつのためにならねぇ。ここはすっぱりきれいに謝って、怪我させたってぇ責任を下ろしちまうのよ。それで済ませなきゃならねぇのさ」

少し考えた花陽は、うん、と頷きます。

「それは、わかった。じゃあおじいちゃんが一緒に行ったのは？」

「そりゃあおめぇ、ガス抜きよ」

「ガス抜き？」

勘一がちょっと悔しそうに笑います。

「あんなんでも有名人だ。ましてや喧嘩の元になったってのがあいつを侮辱した言葉だってのがわかってんだ。当人が現場にいて馬鹿みてぇににこにこしてりゃあ、相手の親も紺も亜美ちゃんもどうしたって感情的になれねぇだろうよ。いい意味で、丸く収めるにはいちばんいいってもんだ」

「そっか」

花陽も納得したように頷きます。

「あれだね、勘一」

かずみちゃんが続けました。

「あんたは筋金入りの喧嘩好きだったんだから、相手に怪我させせないでダメージだけ与えるってやり方を研人に教えた方がいいかもね」

そんなのあまり自慢できることではありませんよ。勘一が、へっ、と笑います。

「そんな時代じゃねぇだろうよ」

そうですね。男は拳で語り合ったなんてのもただの幻想です。あの頃はとにかく何もかもが大きくうねりを伴って動いた時代ですから、揉め事も拳で解決した方が早かった場合もありました。一緒に住んでいた十郎さんやジョーさんと皆で飛び出していって怪我して帰ってきたこともありましたけど時代が違います。今となっては懐かしいだけですね。

「あいつもわかってくれりゃあいいがな」

勘一が天井を見上げると、かずみちゃんも花陽もつられて見上げます。研人は部屋でふてくされてギターでも弾いていますかね。

今日もライブは大入満員です。狭いカフェの中はちょっと汗ばんでしまうぐらいに人が入っています。立ち見の方もいらっしゃいますね。

中川さんと風一郎さんのジョイントで、我南人もゲストで登場します。それぞれの持ち歌はもちろんですが、ジャズのスタンダード・ナンバーや懐かしい歌謡曲を歌ったりと、なかなかにサービス満点のライブです。

わたしはナリちゃんこと中川さんの作られる曲を、このライブを始めるようになってから初めて聴いたのですが、とても繊細でどこか懐かしい感じの曲を歌う方なのですね。確かに、風一郎さんや我南人のように力強さはありませんが、こうして小さなところでしんみり聴くのにはとてもいいと思いました。

仕事を終えた藤島さんと、それから三鷹さん永坂さん、あぁついつい永坂さんと呼んでしまいますが、今は三鷹さん夫妻ですよね。お二人も聴きに来ていました。藤島さんが独立した後の〈S&E〉社長として、お仕事を精力的にこなしていらっしゃる三鷹さん。永坂さんも公私共のパートナーとして頑張っていますよね。

ライブが終わった後、風一郎さんが差し入れにと持ってきた日本酒を皆で飲もうということになりまして、そのままカフェで打ち上げ代わりの宴会が始まります。残念ながら風一郎さんは飲めませんけど、そういう状況にもすっかり慣れたそうですよ。

後片づけも全部終わりましたし、かんなちゃん鈴花ちゃんも我が家に連れてきてそれぞれのお部屋で夢の中。今日は〈はる〉さんではないので我が家の皆もお風呂に入ったりそれぞれの用事を済ませれば、入れ替わり立ち替わりで参加できます。藤島さん三鷹さん永坂さんも加わって、テーブルを三つ四つ集めて皆で和やかに飲んでいます。

「三鷹も永坂さんももう三十一か二か？」

勘一が言います。藤島さんも三鷹さんも永坂さんも大学の同窓生。三人とも同じように頷きました。

「さっさと赤ん坊作っちまった方がいいぜ。こんな女に興味のない男のことは気にしないでよ」

「いや堀田さん勘弁してください」

藤島さんが苦笑いします。

「本当にね堀田さん」

三鷹さんです。

「最近思ってるんですよ。実はこいつは俺のことを愛していて」

「お前が言うと洒落にならないんだからやめろマジで」

笑います。藤島さんと三鷹さんで話すと言葉遣いが急に若くなります。学生時代からの付き合いだからでしょうね。勘一が、ポン、と手を打ちました。

「それで思い出した。おい藤島」

「はい」

「見合いしねぇか？」

「はい？」

藤島さん、驚いてますよ。そういえば祐円さんが言ってましたね。その気があるなら見合い写真を持ってきたいって。

事情を話すと藤島さん、思いっきり手を横に振りました。

「そんな柄じゃないです。祐円さんには心配してもらってありがたいですけど、遠慮しますって伝えてください」

近頃は花陽も藤島さんのことをあまり騒がなくなりましたけど、どなたかいい人はいるんでしょうかね。

「でも、かんなちゃんも鈴花ちゃんも本当に会う度に可愛らしくなりますね」

藤島さん、話を変えましたね。勘一がでれでれと目尻を下げました。

「いやぁまったくだな。お母ちゃんたちが美人だからよぉ本当に可愛らしくてなぁ」

「私と亜美さんを同じ美人にしちゃうと幅が広過ぎます」

すずみさんが言います。そんなことはないですよ。ちょっと亜美さんが美し過ぎるだけです。

「我南人さんはあれだよ。もう少し孫自慢した方がいいぜ」

風一郎さんです。

「自慢してるよぉお」

もちろんとても可愛がっているのですが、勘一みたいに態度に出ませんからね。もっともこの男は何をやっても態度が一切変わりませんので。

「あの」

中川さんです。もともと口数が多い方ではないようですけど、今までお酒を飲みながら皆の話を聞いていました。

「我南人さんや風一郎さんに相談が」

そう言えばそんなことを言ってましたね。何やら言《い》い難《にく》そうにしていますけど。勘一がひょいと眉を上げました。

「俺らは席外した方がいいかい？」

「いえいえとんでもない！　あのできれば皆さんにも、その、相談と言うか、お願いが」

スキンヘッドに強面の中川さんですが、その声は語尾が消え入りそうです。皆がそれそれに顔を見合わせました。

「なぁにい、ナリちゃん。言ってごらんよぉ」

「俺らにできることなら何でもするぜ。金はあんまりないけど」

風一郎さんです。お金は確かに家にもありません。中川さん、こくんと頷き、それからお猪口の日本酒をくいっと空けます。

「実は、今まで隠していたんですけど、オレにも、娘がいるんです」

「あ？　娘？」

我南人も風一郎さんも思わず声を上げて首を傾げます。

「ナリちゃん、独身だよねぇえ」

「なのに娘って」

「お察しの通り、実は若気《わかげ》の至りでできちまった子なんですよ。いろいろあって、ですね、あの認知はしてるんですが、向こうは子供を一人で育てるってことになって、ですね」

タオルで汗を拭きながら中川さんが話します。勘一もここは黙って煙草を吹かしながら聞いています。

「娘さんはぁ、いくつになったのぉお？」

「十八歳です。この春に、東京の大学に合格したんですよ」

「東京の、ってことは、地方に住んでたんですか？」

紺が訊きました。不思議とこういう込み入った話のときは紺に任せると話がするする
と進むのですよ。耳に心地良い落ち着いた声をしているせいでしょうかね。

「そうなんです。北海道に住んでいたので」

北海道ですか、それはまた遠いところに。紺が頷いてさらに訊きました。

「そうすると、相談というのは、その東京に出て来た娘さんが」

「そうなんです。手紙が来まして、この春から東京に出て来たので、お父さんに会いた
いって書いてあったんですよ」

勘一が頷きながら言いました。

「会ってやりゃあいいじゃねぇか。そういう事情ならよ、察するところ長《なげ》ぇ間、ひょっ
としたら一度も会ってねぇんだろう？」

「会えないんですよ」

「なんででぇ」

「嘘ついたんです。一度だけ、十何年も前に会ったときに、オレは東京で会社の社長や
ってるんだって」

皆が、え？　と顔を顰めます。

「何でまたそんな嘘を」

現役の社長である三鷹さんが思わずという感じで訊きました。

「オレ、その頃羽振り良かったじゃないですか。ほら、一曲当たって」

「あぁ、そうだな」

風一郎さんも我南人も頷きます。わたしは存じ上げませんがひょっとしたらその頃に何かヒット曲でもあったのですかね。

「それで、意気揚々って感じで北海道まで行って、初めて自分の娘に会って、金を、生活費を渡してきたんです。そしたらね、娘は、あ、坪田潤子《つぼたじゅんこ》っていうんですけど、大人びた本当にいい子でね。小学校に入ったばかりだったんですけど、こんなにたくさんお金を持ってきたらお父さんがきっと困るからって泣き出すんですよ。それでね、つい、お父さんは社長なんだって。こんなお金なんかぜんぜんなんでもないんだって嘘ついちまって。それ以来ずっと向こうではオレは会社の社長で通っていて」

「ひょっとしてぇ、ナリちゃんさぁ」

我南人です。

「ずーっとずーっと向こうにお金送っていたのぉ？　ちゃんと働いているのにぃいっつも素寒貧《すかんぴん》なのはぁ」

中川さん、躊躇いながらも実はそうなんですと頷きました。

「毎月送ったら、ほんの端金《はしたがね》にしかならないから、一年間貯めて、一年に一回どさっとそれなりのお金を送ってたんです。だから、潤子もいまだに信じてるんですよ。オレが会社の社長だって」

「ひょっとしてよ」

勘一です。

「いや、その金を送ってたってのは大したもんだよ。男ならそうでなきゃいけねぇよな。なのに、会いたいってぇ潤子ちゃんに会えない。それで我南人や風一郎にお願いってぇのはあれか、社長だって嘘を一緒についてくれってことかよ。潤子ちゃんに絶対にバレねぇように協力してくれと」

「そうなんです！」

「そうなんですっておめぇ」

勘一がつい大きな声を出そうとしましたが、途中で止めて引っ込めましたね。そういう男らしくない嘘をいちばん嫌う人ですから、怒鳴りつけようとして思い直したんでしょう。うーんと考え込みました。

「見栄なんか張らねぇで素直に言っちまえ！　てぇ怒鳴りたいところだがよ」

「きっちりやることやってきたんだねぇ、ナリちゃん」

そうですよね。何もしてきていないのに土壇場で嘘をつきたいというのなら遠慮なく勘一は怒鳴ったのでしょうが、中川さんしっかり責任は果たしてきてるんですね。

「でもぉお、家じゃあぁどうにもならないねぇえ。こんなしょっぱいぃ古本屋とカフェの社長ってことにしてもぉ」

　確かにその通りです。風一郎さんも頷きます。

「それにここじゃあ我南人さんの家だってことを知ってるかもしれないですよ。別に秘密にはしていないんだし」

「あの、畳みかけて申し訳ないですけど」

　途中からやってきて話を聞いていた亜美さんです。

「仮に皆で中川さんが社長だよって口裏合わせたって、本当に失礼ですけど中川さんとてもまともな会社の社長には見えませんよね？　どう考えたってヤの字のつく職業の偉い人にしか」

　亜美さんも相変わらず言い難いことをズバッと言いますが、ここは全員がうん、と頷いてしまいました。

「さらに畳みかけるけどさ」

　風一郎さんです。

「ナリちゃん、そんな怖そうな顔してめちゃ気が弱いじゃん。さらには馬鹿正直じゃん。はっきり言ってヘタレじゃん。嘘なんかつけるのか？　娘の目の前で」

　今度は我南人もうんうんと頷きます。わたしもまだ何度かしかお目にかかってませんが、確かにそんな感じの方ですよ。

「そ、そうなんですけどね」

　中川さん、つるつるの頭をガクリと垂れます。

「あいつを、潤子を、幻滅させたくないんですよ。あの子はオレのことを、こんなオレのことを、潤子のことを捨てたっていうか、最初っから家族になってやれなかった男なのに、父親になってやれなかったのに、瞼《まぶた》の父って感じで、尊敬してくれてるんですよ。それを、その気持ちを、オレは守ってやりたいんですよ。なんとかできないですかね？　こんなお願いする自分が本当に情けないってのはわかってるんですけど」

「しかしこれ以上嘘ついたって仕方ねぇだろうよ」

　勘一が言うと、中川さん、きっと顔を上げました。

「嘘をつくしかないんですよ、オレには！　今まで、チンケな嘘だけど、でもあの子を幸せな気持ちにさせてきたんですよ。それは本当なんですよ！　一年に一回、お金と一緒に来るお父さんの手紙が嬉しかったって。手紙にもそう書いてあるんです。オレ、泣いちまったんですよ。それ以外でその嘘以外で、自分の子をさ、幸せな気持ちにしてやれない情けない男なんです！　だったら最後まで、永遠の嘘を、死ぬまで嘘をつき通したいんです。それで潤子が幸せな気持ちになってくれるなら、悪魔に魂売ってでも社長だっていう嘘を、あの子だけの真実に変えたいんですよ！」

歌っているときにだけ、歌のサビのところで張り上げる声で中川さんが言いました。喋《しゃべ》っているときに大きな声を聞いたのは初めてでしたね。

皆が、静かに考え込みました。

その形や良し悪しはどうあれ、立派な覚悟だとわたしは思いますよ。我南人も珍しく真面目な顔をして考え込んでいます。

「あの」

永坂さんが、まるで生徒さんのようにちょっと手を上げて言いました。

「まだ二度しかお会いしてないのに失礼なんですけど」

勘一が、いいぜ、と促します。

「中川さん、確かにちょっと怖い雰囲気がありますよね。それでスーツとか着られたら近寄り難い雰囲気になってしまいますけど、場所を変えて、ファッションを変えれば、イケると思うんですよ」

「イケる？」

藤島さんが訊きます。

「たとえば、会社の社長が休日を別荘で過ごすんです。シンプルな麻の上品なシャツと柔らかなパンツを穿《は》いて。きっとハリウッドのセレブみたいに、ブルース・ウィリスみたいに見えますよ。その別荘に娘さんを招待するんです。一人では間が持たないでしょうし、嘘をつくのも限界があるでしょうから、ごく親しい人を招いて小さなパーティをするんですよ」

「親しい人って？」

亜美さんが訊きました。

「たとえば、〈ゴッド・オブ・ロック〉の我南人とか。お父さんはこんな有名人と仲が良いのかって驚きますよ」

あぁ、と皆が頷きます。仲が良いのは事実ですね。

「それから、テレビにもよく出ていたＩＴ企業のイケメン社長とかもやってくるんです。知り合いとかで」

あ、と、皆が藤島さんを見ます。

「僕が？」

確かに知り合いですよね。

「そういう親しい人たちを、葉山に招くんですよ」

勘一がポンと膝を打ちました。

「葉山の別荘か！」

家でも花陽がよく使わせてもらった、今は三鷹さんの会社の保養施設ですね。我南人が、なるほどぉ、と笑いました。

「じゃあぁ、女優の池沢百合枝なんかも来たら驚くねぇ。お父さんは本当に凄い人なんだってぇ」

「近所なんだから、龍哉にも来てもらえばいいんじゃないですかね。若い子なら龍哉の方が知ってるだろうから喜びますよ」

風一郎さんです。永坂さん、そうですね、と頷きます。

「皆が、その別荘で中川社長の娘さんを心からもてなすんです。そういうのは、どうでしょう。重ねる嘘は、この別荘の持ち主は自分であるという嘘だけ。あとは全部本当ですよね。実際知り合いなんですから」

「さすが美人秘書だねぇ。知恵が回るねぇえ」

我南人に褒められて、永坂さん、恐れ入りますと微笑みました。

「まぁしょうがねぇ。ありがてぇなナリちゃんよ」

「でも、ですよ中川さん」

紺です。

「仮にそうやって嘘をついたとして、潤子さんのお母さんには何て言うんですか？　嘘がバレちゃう可能性は」

「それは、大丈夫です。あいつはオレが何を言っても話を合わせてくれます」

「で？　いつぐらいにその潤子ちゃんには会うんだい」

「それが」

中川さん、頭を掻きました。

「明後日《あさって》なんです」

「明後日ぇ？」

また随分急なことですね。

三

翌日です。昨夜はあれから皆で細かいことを話し合いました。

善は急げという言葉がありますが、果たして嘘をつくのが善かどうかは別にして、中川さんが娘さんを思う気持ちは本物ですよ。

風一郎さんが龍哉さんに電話したり、我南人と勘一が〈はる〉さんに出向いて池沢さんにお願いしたりと、事前の準備をしました。

とはいえ、そう難しいことではありません。たったひとつの嘘を除けば、三鷹さんの会社の別荘に皆が集まって楽しく食事をしようということですからね。特にややこしい演技をする必要はなく、参加する皆が中川さんを会社の社長として扱えばそれで済む話です。

話が通じやすいように、藤島さんや三鷹さんと同じくＩＴ企業の会社社長ということにしましたよ。中川さんはその世界のことは何もわかりませんが、そういう話になったらお二人がフォローすればそれでいいことですからね。永坂さんは、中川さんの会社の社長秘書ということにしました。切れ者の永坂さんのことですから、きっとうまくやってくれますよ。お忙しい三鷹さんや藤島さんですが、幸いにも明日は祝日。仕事のスケジュールもなんとかなりました。

いつもの朝のように、早起きのかんなちゃん鈴花ちゃんが皆の部屋を回って起こしていきます。パタパタと花陽と一緒に二階から下りてくるかんなちゃん鈴花ちゃんの声が響きます。何か言ってますよ。

「けんとにぃいない！」

「いない！」

亜美さんのところに言いに行きます。

「いない？　トイレじゃないの？」

「といれ！」

二人でまた走っていきました。トイレは一階の奥です。またパタパタと可愛らしい足音が響いて、向こうで声がしますよ。

「いない！」

トイレにもいないようですね。花陽が二人のところに行きました。他の皆はいつものように朝ご飯の支度に追われています。なんでもマードックさんが今朝になって熱を出したとか。〈藤島ハウス〉の部屋で寝ているそうです。どうしたのでしょうねこんな時期に。あとで藍子がお粥を持っていくそうです。

廊下を走る音が聞こえてきます。今度は花陽も走っているようですね。

「紺ちゃん！」

「なに？」

「研人、家出した！」

いつものように新聞を読んでいた勘一がバサァと新聞を下ろします。

「あぁ？」

「家出？」

花陽が紺に何やら紙切れを差し出します。台所から亜美さんも飛び出してきました。

書き置きでしょうか。受け取った紺が読み出しました。

「『学校に行ってあいつの顔を見たらまたぶん殴りそうなので、海に行って少し頭を冷やしてきます。心配しないでください。研人』」

「海だぁ？　いつの間に出て行ったんだあいつは」

勘一が言います。わたしも全然気づきませんでしたよ。余程慎重に出て行ったのでしょうか。

「あいつのことだから、夜中に部屋に靴を持って上がっておいて、窓から屋根伝いに外に行ったんじゃないのかな」

「あぁ、そうかもな」

青が言って紺が納得します。そういえば小学生の頃はそんなことをよくやってましたね。もちろん、紺も青も、古くは我南人もそうですけど。

「どうしましょう！　皆で捜しに行きます!?」

慌てたように言うすずみさんに、紺が軽く手を上げました。

「いや、大丈夫じゃないかな。もう十四歳なんだし」

「でも」

我南人も勘一も頷いていますね。男性陣はまったく慌てていません。かんなちゃん鈴花ちゃんも何を騒いでいるのかと、二人でパタパタと歩き回っています。

「向かった場所もわかってるんだから、家出というよりは単純に学校をサボったってことだねこれは」

「どこへ行ったんですか？」

「いや、海へ行くって書いてあるんだから、あそこしかないだろう」

すずみさんに青が言います。

「葉山の龍哉くんのところだよ」

そうなるのでしょうか。いつの間にか全員が居間に集まっていました。

「まぁ落ち着け。もうとっくに向かってるんだろうから騒いでもしょうがねぇ。ご丁寧に行き先まで書いたサボタージュだ。可愛いもんじゃねぇか」

勘一が座ると、皆もそれに倣《なら》います。いけないご飯、と藍子やすずみさんがもうできあがっている朝ご飯をどんどん運んできました。

白いご飯におみおつけ、だし巻き玉子にアスパラガスとベーコンの炒め物、お豆腐と新玉葱《たまねぎ》のサラダに焼海苔とお漬物。鶏肉と筍《たけのこ》と牛蒡《ごぼう》の炒め物は昨夜の残り物ですね。

運んでいる間に紺は縁側で、自分の携帯電話でどこかに電話しています。亜美さんも家の電話でどこかと話していますね。

研人がいませんが、皆揃ったところで「いただきます」です。

「やっぱり龍哉くんにメールが入っていたってさ。これから行きますって」

紺が言います。

「そうかよ。ちゃんとお願いしたか？　迷惑掛けるが迎えに行くまでよろしくってよ」

「もちろん」

「学校にも電話しておきました。ちょっと具合が悪いので病院に連れて行くって。大丈夫なようだったら後から登校させますからって」

亜美さんは学校に電話していたのですね。皆がうん、と頷きます。とりあえずはそんな感じでしょうね。

「まぁ一日ぐらいサボらせてやってもいいが、やっぱり納得してなかったたってこったな」

勘一が少し顔を顰めました。

「怒っていたもんねぇえ、研人」

「一応、向こうの親御さんには頭を下げたんだけどね。相当悔しそうだった」

そうでしたか。紺や亜美さんがきちんと言い含めたのでしょうが、やはり我南人を侮辱したのは許せないことだったのでしょう。我南人の親としてはありがたいことですが、研人の曾祖母としてはそんなに肩入れしなくてもいいんですよと言いたいですが。

「てぇことは、だ」

ご飯を口に放り込んでから、勘一が紺を見て言います。

「親であるおめぇが迎えに行っても、おいそれとは帰ってこねぇかもしれんな。俺が行くか。葉山に」

「僕がぁ、行くかいぃ？」

「そりゃ駄目だろうよ。むしろおめぇが一緒に向こうの親に謝ったから余計に怒ったんじゃねぇのか研人は」

「そうかもね」

花陽です。

「あいつ、意固地《いこじ》なところがあるから、ここは似たもの同士の大じいちゃんかもね」

花陽に言われては勘一も形なしですね。確かに意固地なところは勘一に似たのかもしれません。

「私は行きますよ。おじいちゃん一人に任せられませんから」

亜美さんです。

「父親だと同じ男だからって逆に甘えるんですよ研人は。ここは私がビシッと言いに行きます」

亜美さんのビシッ、は相当に厳しいですからね。

「それじゃあ、百合枝にもぉ、行ってもらおうよぉ」

何を言い出すんでしょうかこの男は。

「何でここで池沢さんの名前が出てくるんでぇ」

「研人はぁ、あれでなかなか紳士だからねぇ。百合枝まで一緒に迎えに行けばぁ帰らないわけにはいかないって思うねぇ」

皆がご飯を食べながら、うーんと考えます。

かずみちゃんが言います。

「いい考えかもしれないね。ひょっとしたらこの中の誰が行くよりも素直に言うことを聞くかもしれないわ」

「確かにな、それがいいかも知れねぇな」

我南人の言い出したことなのに珍しく勘一も同意しましたね。これはあれでしょう。家族の中に池沢さんを少しずつ溶け込ませようという我南人なりの配慮なのかもしれません。勘一もその辺はわかったのでしょうね。

「しかしまぁ、今日も葉山、明日も葉山かよ」

どうしてこうもいっぺんにいろんなことがやってくるのでしょうね。

＊

皆は電車とバスを乗り継いで葉山に向かいますが、わたしは何度も龍哉さんのお宅にはお邪魔していますから、皆が着いた頃にひょいと行くことができます。こんな身体になって何年も経ちますが、こういうときには便利でしょうがありません。昔からある大人気の漫画にどこでもドアというものがありますが、そんな感じなんですよ。

葉山の山あいにある龍哉さんのお宅は、黒と白を基調にした瀟洒《しょうしゃ》な、という言葉がぴったりの別荘です。かれこれ築六十年近くにはなるといいますからあちこち傷みは激しいそうですが、それもまたいい風合いになっていますよ。家の裏手には亡くなられたお母さんが丹精込めていたというバラ園があり、それもまた家にぴったりの雰囲気を醸し出しています。

一足お先に家の中にお邪魔すると、あぁ、いました。研人です。龍哉さんのスタジオでギターを弾いていますよ。一応学生服は着てきたのですね。学校の鞄も足下に置いてあります。そういうところがきちんとしているのはやはり性格なのでしょう。今日は平日ですからくるみさんも光平さんもお仕事のはず。

スタジオのドアが開いて、龍哉さんが顔を見せました。

「研人くん。お迎えが来たよ」

研人が唇をへの字にします。スタジオに入ってきた勘一と亜美さんを見たときにはそのままでしたが、最後に入ってきた池沢さんには思わず眼を丸くして、つい、という感じで立ち上がりました。

「池沢さんまで?」

池沢さん、にっこり笑って研人を見ました。勘一も亜美さんも何も言いません。ただ黙って研人を見ています。

「まぁ、お茶でも飲みましょうか。あちらに行きましょう」

調整室でしたかね。そこを抜けるとテラスに出られるのです。東京は少し曇っていましたが、こちらは見事な晴天。陽射しが少し暑いぐらいです。龍哉さんが用意してくれていたのですね。ポットからカップに紅茶を注ぎます。

　六角形の大きなテーブルに皆がつきました。研人もまだ渋々といった感じで椅子に座ります。

「龍哉さん」

「はい」

　池沢さんが言いました。このお二人は初めましてのはずですよね。挨拶はもう済ませたのでしょう。

「実は私、その昔に、この家にお邪魔したことがあるんですよ」

「え？」

　龍哉さん、驚いた顔を見せました。勘一も亜美さんも、もちろんわたしもです。

「お父様と一緒に映画を撮影させていただいていたときに、何人かのスタッフの皆さんとここに招待されて、一緒にお茶をごちそうになったの。お母様もお元気で、あなたはまだ赤ちゃんの頃でした」

「そうだったんですか」

　こくり、と池沢さん微笑んで頷きます。

「こんなに大きくなったあなたに会えて嬉しいわ」

「てぇことは、龍哉くんよ、おめぇの親父ってのは俳優だったのかい」

その辺のことは何も聞いていませんでしたよね。龍哉さんが苦笑いします。

「生物学上の父でしかないんですけどね。生涯に何度かしか会ったことのない親父は、矢萩錠二《やはぎじょうじ》という俳優です」

勘一が眼を丸くしました。亜美さんはちょっとだけ首を捻りました。わたしたちの世代では誰もが知る名優さんでしたよ。特に、殺し屋のシリーズは随分人気になりました。

龍哉さん、微笑んで研人を見ました。それから、少し頷いて続けます。

「母は、その矢萩錠二の愛人だったんです」

愛人さん。ちょっと口を開きかけた勘一を、龍哉さんは少し右手を上げて制して、いいんです、という表情を見せました。

「この別荘は、愛人だった母のために親父が買って遺《のこ》した、ただひとつのものだったんですよ。母が死んで、親父も死んで、俺のものになりました」

「そうだったのかい」

勘一が頷きます。

「ミリオンセラーを出したミュージシャンだっていうから、てっきりおめぇが買ったもんだと思っていたがな」

「違うんですよ。自分が父親と名乗ることもなく、ここに愛人を住まわせて、そのまま死ぬまで閉じ込めておいた男が遺したものなんです。それでも、死んだ母はこの家をとても大切にしていたんですよ。自分が愛した男と唯一繋がっていられる場所がここだったんです。その男と自分が愛しあった証しである息子の俺と暮らしていける場所。それがこの別荘でした」

真剣な表情で龍哉さんは語ります。およそ中学生に聞かせる話ではありませんが、龍哉さんはあえて話しているんだということがわかります。研人も真剣な顔をして聞いていました。

「俺、ものすごい乱暴者だったんですよ。メチャクチャでした。この辺じゃもう相当に有名な不良でした」

「何となく名残はあるわな」

勘一と龍哉さんが互いに笑います。同類というか、そういうのはわかるんでしょうかね。

「中学に入学してすぐに、同じクラスになった男と大喧嘩になって、そいつをぶち殺すところでした。死んでもいいようなイヤな奴で、実際俺は本当に殺したいぐらいだったんですけど、母親に言われたんですよ」

紅茶をごくりと一口飲んで、龍哉さんが続けます。

「殺すことより、許すことの方がはるかに難しい。どうしたら許せるかを考えるために人間は生きているんだって。許せなくてただ殺し合うだけだったら、人間はとっくに死に絶えている。だから、あなたも生きていたかったら、許すことを考えなさいって」

池沢さんがゆっくりと頷きます。

「素晴らしいお母様だったのね」

「本当に。どうしてそんなに優しい母親から俺みたいなのが産まれたのかってぐらい、優しい人でした」

龍哉さん、テーブルの上にあった煙草を取り火を点けます。

「研人くん」

「はい」

「俺は、誰かに説教なんかできる男じゃないんだけどさ。たったひとつ、暴力は何も生み出さないってことはわかったんだ。怒りは、ただエネルギーを消費してそれで終わり。何にも生み出さない。でも、怒りを別のものにして表現できれば、それは誰かのエネルギーになる」

「誰かの?」

龍哉さんが微笑みます。

「怒りを収めて、その代わりにそのエネルギーでいい曲を作れば、聴いて感動してくれた人の生きる糧《かて》になる。創作ってそういうものだって思うぜ。俺は我南人さんにそういうことを教わった」

「じいちゃんに」

「俺さぁ」

龍哉さん、急に砕けた態度になって笑います。

「研人くんがめっちゃ羨《うらや》ましいんだ。だってあの〈我南人〉の、〈ゴッド・オブ・ロック〉の孫なんだぜ？　あの人の血を受け継いでしかも音楽やれるのなんて、そんなの今のところこの世に研人くんしかいないんだぜ？　くだらないことに怒ってる場合じゃないってものさ。それに」

一度言葉を切って、勘一を見てから続けました。

「音楽だけじゃない。君の大じいちゃんの勘一さんだってそうだ。大じいちゃんはいっつも怒ってるって、そしてくだらない奴はぶん殴るって君は言ってたけど、そのぶん殴るっていうのは今回君がしたことと同じかい？　大じいちゃんが怒ることで、誰かが不幸になったりしたことあるのかい？」

研人が神妙な顔をして、考え込みました。

「勘一さんが怒るときは、それで周りの皆を幸せにしようっていうときだけなんじゃないかな。君のおじいちゃんも、大じいちゃんも、まったく同じことをしているんだと俺は思うな」

しばらくの間、研人はじっと龍哉さんを見て、それから大きく頷きました。わかってくれたのでしょうか。

「龍哉くんよ」

「はい」

「ありがとな」

勘一が龍哉さんに向かって頭を下げました。

「俺にも、おめぇにも覚えがあるからわかるってもんだが、男の子ってのは面倒な生き物でよ。家族に説教されたって何言われたって右から左でなかなかわかんねぇもんなんだ。普段は傍にいねぇ、尊敬する人に言われてようやく耳を貸すことができるってもんなんだよな」

もちろん人によっても違うでしょうけど、案外とそういうものなんでしょうね。勘一が続けます。

「研人のために、自分の恥を晒《さら》してまで話してくれて、ありがとよ。曾祖父として心から感謝するよ。これこの通りだ」

勘一はにっこり笑って、もう一度頭を下げました。

「でもさ」

帰り道です。駅まで龍哉さんが車で送ってくれました。ホームで電車を待っている間に、研人が口を開きました。

「オレ、きっとこのまま学校に行っても、部活でまたあいつと会ったらムカムカしてくる」

「おめぇは部長なんだろう？　そんなことでどうするよ」

勘一が言うと研人は口を尖らせます。そういう気持ちになるのはしょうがありません。それを乗り越えてこそ成長できるのですが、まだ子供の研人。どうでしょうね。

「研人」

亜美さんです。急にくるりと身体の向きを変え研人に向かいました。何事かと研人も勘一も池沢さんも、亜美さんを見つめます。

「任せなさい」

「え？」

亜美さんの表情がきりりと引き締まっています。そこらの女優さんよりもはるかに美しいと近所で評判の亜美さん。多少年は取りましたが、その美しさには何の曇りもありません。隣に立つ池沢さんにだって引けは取りませんね。

亜美さん、左手を上げて腕時計を見ます。

「これから帰れば、ちょうど放課後ぐらいになるでしょう。今日も部活はやってるんでしょう？」

「やってるはずだけど」

「一緒に学校に行くわよ」

研人が、え？　という表情をします。

「一緒にって、母さんが？」

ゆっくりと、しかし力強く亜美さんが頷きます。

四

何をどうするのかはさっぱりわかりませんが、ぞろぞろと大勢で学校に行くわけにもいきません。ここは親に任せようと勘一と池沢さんはそのまま家に帰り、亜美さんと研人は中学校に向かいました。ちょっと心配ですからわたしはついていきましょう。

母親と一緒に学校に行くなんて、中学生の男の子にとってはかなり恥ずかしいことですよね。普段なら文句を言うのでしょうが、研人は黙って学校の門をくぐりました。

最初に職員室に行って、今まで病院で点滴をしたり寝たりしていたんだけど、とりあえず身体の方はなんともなかったと担任の先生に伝えます。ここは嘘も方便ですか。

それにしても亜美さん、以前はモテモテの青を訪ねてきた女性たちを一蹴する嘘と演技をよく披露していましたけど、健在ですね。

「昨日の今日ですから、すみませんちょっと部活に顔を出しまして、田代くんと改めて仲直りさせてから帰りたいんですがよろしいですよね？」

担任の先生に有無を言わせない力強さと笑顔の美しさです。さすがですね。そのまま亜美さんは研人の案内で、音楽室へと向かいました。近づくと、確かにロックな音楽が聞こえてきました。

ドアを開けるとその大音響が身体にぶつかってきます。わたしは我南人が息子ですから慣れていますけど、馴染みのない方はちょっと怯みますよね。

演奏しているのは、三年生のバンドなのでしょう。他にも何人かがそこらで椅子に座ったりギターを抱えたりしています。大きな音を出せるのはここしかないので順番待ちで練習しているのかもしれません。

研人と亜美さんが入ってきたのに気づいたのですね。演奏がストップしました。どうやら、今、演奏していたドラムの子が、研人と喧嘩した田代くんですか。研人と亜美さんの方を見て、少し顔を顰めました。亜美さんが近づいていきます。

「なに？」

「一言、言っておきます」

「なんだよ、学校まで来て」

ふぅ、と亜美さんが息を吐きました。

「昨夜謝ったのは、研人があなたを殴った事に対してなの。今日は、文句を言いに来たのよ」

「文句って」

「いい？　あなたは、私の尊敬する義父をなじったの。仮にもこの日本で音楽を志した人間のくせに、〈ゴッド・オブ・ロック〉と呼ばれたあの〈我南人〉をですよ。まだその発言の重さがわからない子供だから今は許してあげます。けれども、三年音楽演っても自分の発言がどんなに愚かだったかを理解できなかったら、二度と音楽をやるんじゃありません。いいですね？」

あぁ、亜美さんが怒っていますね。鬼より怖いと言われた顔になっていますよ。田代くんという上級生、その迫力にちょっと怯みましたが、さすがに三年生ですね。怯みながらも言い返しました。

「ロックなんかわかってないただのおばさんに言われてもね」

黙って聞いていた研人の拳に力が入りました。いけませんよ。亜美さん、首をゆっくりぐるりと回して、不敵に笑い返しました。

「貸しなさい」

手を前に出します。

「え？」

「そのドラムスティックを貸しなさい」

亜美さん、田代くんの手からドラムスティックを奪います。そうして、田代くんを無理やりどかしてスツールに座りました。研人が眼を丸くしています。亜美さんがふぅ、と息を吐き、いきなりバスドラをドン！　と響かせます。部屋中の空気が震えました。リズムを刻み始めます。亜美さんの両腕がまるで踊るように動き始めました。

音楽室にいた生徒さん皆が、驚いていますよ。亜美さんが軽やかにかつ正確に素晴らしいドラムソロを響かせていきます。これでもロックンローラーの息子を持った母親です。そのドラミングの正確さや、美しさなどはわかるつもりです。

亜美さん、もう十年以上ドラムを叩いていないはずなのになかなか見事ですね。研人がぽかんと口を開けています。

実は紺と亜美さんが知り合い縁を結んだときにもその傍らにはドラムスティックがあったというのは、聞いていませんかね。亜美さんが高校時代ガールズバンドでならして我南人の大ファンだったということも。まぁ男の子は両親の出会いなんてどうでもいいですからね。

ジャン！　と鳴らしたハイハットを最後に指で抓んで音を消して、亜美さんが、ふぅ、と息をつきます。満足そうな笑みを浮かべ、額に少し浮かんだ汗に手の甲を当てます。

「いかが？」

田代くん、言葉に詰まりました。でも、言いました。

「すげぇ、です」

「でしょ?」

亜美さん、今度は優しく田代くんに微笑みます。

「まぁそういうことよ。キツイこと言ったけど、よろしく頼むわね」


朝からバタバタしましたが、夜になってかんなちゃん鈴花ちゃんも寝つきました。お店も閉めて、皆がそれぞれにお茶を飲んだりコーヒーを飲んだりしています。

我南人はもう明日のために池沢さん、中川さん、風一郎さんと皆で一緒に葉山の三鷹さんの会社の別荘に向かったそうですよ。ちょうど入れ違いになりましたね。今夜は向こうに泊まって中川さんを別荘に慣れさせるとか。それも必要でしょうね。

「俺も聴きたかったなぁおい。亜美ちゃんのドラム叩いてる姿はあれだ、結婚式以来観てねぇぜ」

「おじいちゃん勘弁してください」

亜美さん、恥ずかしそうに微笑みます。そうでした。亜美さんと紺の結婚式では、お仲間が集まって一曲叩いていましたっけ。夕方過ぎ、学校から帰った研人はさっそく勘一に報告していたのですよ。母さんがすげぇって。小学生の頃のように無邪気な顔をしていましたっけ。

その研人はもうケロッとして自分の部屋に引っ込んでいます。たまには学校の宿題でもやっていてくれればいいんですけど。

「まぁこれでいろいろ考えてくれればいいさ」

紺が言います。

「男の子もいろいろ大変なんですね」

すずみさんです。

「まだ研人なんかいい方だと思うわ。おばあちゃんの話を聞いていたら、お父さんが私の息子じゃなくて本当に良かったたって思うもの」

藍子がしみじみといった感じで言いました。

「だよね」

紺も青も頷きます。その通りです。我南人のことを考えれば研人なんかすごい優等生ですよ。かずみちゃんが笑って言います。

「どうも堀田家の男は両極端でいけないよね。案外さ、研人ぐらいでちょうどよくなっているんじゃないのかい」

「どら、火の粉が掛かってきそうだから俺ぁ風呂入ってくるぜ」

「あ、俺も」

勘一と青が笑いながら立ち上がりました。我が家のお風呂はタイル張りの古くさい造りですが、男二人ぐらいは楽に入れるんですよ。

＊

明けて、祝日の朝です。

世間ではゴールデンウィークに入るそうですが、基本的には年中無休の我が家には関係ありません。子供たちには少々淋しい思いをさせてしまっていますが、花陽も研人も慣れていますから文句も言いません。

その代わりと言ってはなんですが、今年は脇坂さんご夫妻が子供たちを箱根へ連れて行ってくれることになっています。二泊三日の小旅行ですが、研人も花陽も楽しみにしているようですよ。研人は危なかったですね。喧嘩騒ぎが長引いたら旅行も取りやめになるところだったんじゃないでしょうか。

脇坂さんご夫妻に子供たち全員を任せるのはもちろん無理ですから、我が家からはすずみさんと亜美さんが同行します。堀田家の嫁としていつも苦労を掛けていますから、たまには骨休みしてくれるといいですよね。

そうして今日は昼から、葉山の別荘で中川さんの一世一代の大芝居がありますよ。今回はさすがに勘一の出番はないかと思ったものの、中川さんのたってのお願いがあり、さらには藤島さん三鷹さんも、堀田さんがいてくれるとありがたいと言うのです。

致し方なく、社長である中川さんが頼りにしている、明治から続く老舗の会長ということにして、勘一も別荘に行くことになりました。まぁ会長ではありませんが、一応有限会社の我が家で、勘一はその総代ですからほぼ本当の身分ですね。その他にもあの我南人が行っていますから何が起こるかわかりません。お目付け役と世話役で紺も同行します。

葉山は青空が広がり緑も一段と鮮やかになっています。海の近くの別荘でのランチには本当にちょうど良いお日和《ひより》ではないでしょうか。

何度かお邪魔している〈S&E〉の保養施設。看板も何もありませんからその辺は誤《ご》魔化《まか》しが利きますね。

電車でやってきた勘一と紺が入って行きますと、広い居間にはもうお料理や飲み物の用意ができていました。

揃いのユニフォームを着た給仕さんが忙しく立ち働いています。これは、おそらくはどこかの高級なデリバリーサービスというものなのでしょう。これらの手配や費用は、おそらく藤島さんや三鷹さんあたりが個人的に都合してくれたのでしょうけど、どうやって精算するのか他人事ながら心配です。人の好《い》いお二人に最終的にご迷惑を掛けないようにしてほしいものですけど。

「今、永坂が潤子ちゃんを車で迎えに行っています。もうそろそろ着く頃ですよ」

藤島さんが出迎えてくれました。やっぱり藤島さんにとっても、いつまでも永坂さんなんですね。いつも我が家にやってくるときのラフな格好ではなく、上等そうなジャケットに白いシャツ。いかにも休日を過ごす社長さんっぽい格好です。

藤島さん、和服を着てきた勘一を見て言います。

「さすが、お似合いですね」

「そうかよ」

勘一が仏頂面を見せます。

「会長役だっていうからこの方がいいかと思ったんだけどよ。そもそも俺らの若い頃だってもう和服なんか着ちゃあいなかったんだからな」

まぁ確かにそうですね。わたしも和服は着慣れてはいたものの、普段着は小さな頃から洋装でしたよ。

けれども、こうして見回すとさすがですね。

我南人に龍哉さんに風一郎さん、池沢さんに藤島さんに三鷹さん。それぞれに本物のミュージシャンに女優さんに社長さんですから、そのオーラがたくさん出ているような気がします。

そんな中で中川さん。あのときに永坂さんが言っていたように、清潔で高そうな麻の白いシャツにクリーム色の柔らかそうなパンツ。賢そうに見える黒縁眼鏡。ソファにゆったりと腰掛ける姿はなかなか貫禄があるじゃありませんか。とても売れないミュージシャンには見えません。

ここは少し小高いところにありますから、居間の広い窓からは葉山の海が望めます。

「あ、着きましたよ」

三鷹さんが窓から外を指差します。あの高級そうなベンツは三鷹さんの会社のものですかね。車寄せに停まったかと思うと、運転席から白い帽子を被《かぶ》った運転手さんが出て来て、後ろのドアをすっと開けます。

出て来たお若い女性が、中川さんのお嬢さん、潤子さんなのでしょう。黒のパンツスーツ姿の永坂さんも小脇に手帳を抱えて車から出てきました。さすがにキリッとしていらっしゃいます。

潤子さん、少し驚いたふうに別荘を見上げています。初めて来たときにはわたしたちも豪華ですねぇと驚きましたからね。

「社長、お連れしました」

永坂さんが、潤子さんを居間に招き入れます。皆が立ち上がって、大袈裟《おおげさ》にならないよう笑顔で迎え入れました。中川さんはそれまで緊張して座っていたのですが、潤子さんを見るなり、思わず立ち上がって駆け寄ろうとしたんですがいけません、足が縺《もつ》れて転びそうになっています。大丈夫でしょうか。

「潤子」

「あの、こんにちは」

大学生になられたという潤子さん。まだあどけなさの残る表情に今風の柔らかそうな素材の、カジュアルなお洋服がお似合いですね。

「ご無沙汰《ぶさた》しています」

少し不安そうに手を重ね、それでも笑顔を見せて頭を下げます。手紙のやり取りはあったらしいですが、会うのはこれで二回目とか。十何年ぶりに会ったのであれば、他人行儀にもなるでしょう。

「あ、いや、よく、来たね。本当に嬉しいよ」

「はい、ありがとうございます」

「あ、えーと、その、お母さん、博美《ひろみ》はその、元気かな」

元気です、と潤子さん頷きます。博美さんとは潤子さんのお母さんですね。中川さん、どう振る舞っていいか迷いながらも堂々としようとしています。

「あのな、その二人きりだと少し気恥ずかしくてな。その、親しい人たちに来てもらったんだ。あの、ゆっくりしてってくれ」

「はい」

潤子さん、こくりと頷きます。

「さぁ、どうぞ潤子さんこちらへ。皆さんをご紹介します」

永坂さんが引き続き有能な秘書役を、いえ、本当に有能な秘書ですから地をそのまま出しているのですね。中川さんと一緒に、集まった皆を紹介して回ります。

我南人に、風一郎さんに、龍哉さん。一人年寄りが交じってますけど、音楽好きであれば驚くメンバーでしょう。実際、潤子さんは眼を丸くしていました。

「本当に、あの、父とお知り合いで」

「そうだよぉお、潤子ちゃぁあん。随分昔からのねぇ、仲間だよぉ」

この男は挨拶ぐらい普通に喋れないのでしょうか。中川さんは永坂さんの隣で、うんうん、と頷いています。

「こちら、〈FJ〉の藤島社長です」

「初めまして、中川社長にはいつもお世話になっています」

「〈S&E〉の三鷹社長です」

「お会いできて嬉しいですよ」

社長を連発するのがちょぃと気になりますが、さすが現役の代表取締役。そつなく挨拶をしていきます。

「初めまして、女優をやっております池沢百合枝と申します」

貫禄ですね。潤子さん、ぽっ、と上気したような表情をしています。

「あの、母がファンなんです。池沢さんの映画のDVDも全部持ってるんです」

「まぁ、ありがとうございます！　お母様によろしくお伝えくださいね」

「はい！」

すかさず永坂さんが一言添えます。

「幾枚か、DVDを用意しています。池沢様、後ほどサインをよろしいでしょうか。お土産にお母様に」

「もちろんですとも」

「いいんですか！　母が喜びます！」

そして、勘一です。

「堀田勘一様は、明治から続く老舗の会長です」

勘一、腰を少し落として軽く頭を下げ、にこやかに微笑んで言いました。

「堀田勘一でございます。中川社長にはいつもご贔屓にしてもらっております」

きっちり会長らしい言葉遣いをしようとしてますね。何だか本当にそれらしく見えてくるのが不思議です。まぁ確かに貫禄だけはしっかりとありますからね。スーツ姿の紺はさしずめ会長のお付きの人ですか。笑みだけ浮かべて黙って勘一の背後に控えています。

向こうで何やら龍哉さんたちと話していたはずの我南人がいつの間にか近くに寄ってきていますね。勘一がちらりと我南人の方を見ましたが、何かありましたか。

優しい笑顔を見せながら勘一は潤子さんに言いました。

「まぁ座りましょうや。挨拶はこれで終わりですからな。飲み物でも」

勘一がどっかと腰を据えると、紺はそのソファの後ろに立って控えます。いかにもお付きの人らしき雰囲気が出ていて似合います。デリバリーの給仕の方たちは準備が終わってもう部屋からいなくなりましたので、永坂さんが潤子ちゃんに飲み物を持ってきます。

「あれですな、潤子ちゃんと中川社長の間柄については、何もかも承知しているのですがな」

「はい」

潤子さん、ごく普通に頷きます。ここにいる皆が、事情はわかっていることをあらかじめ永坂さんに聞かされていたのでしょう。

「年寄りはどうも話が分別《ふんべつ》臭くなっていけませんがな、ちょいと訊きますが、淋しくはなかったですかな。お父さんだとわかっているのに、父親になってくれない人がいるってぇのは」

それまでニコニコしていた中川さんの表情が少し変わりました。でも、潤子さんは笑顔で答えます。

「淋しくなかったっていうのは、ちょっと嘘になっちゃいますけど、でも平気でした」

「ほう」

他の皆は、バイキング式の料理を抓んだり軽く会話をしながらも二人の様子を窺っています。中川さんも少し不安げな顔をしながらも、ソファに腰掛け話を聞いています。

「母は、美容院をやっていて忙しく働いていました。私も小さいときからお店の掃除をしたり、いろいろと手伝っていたんです。家事も自分でやらなきゃならなかったし、毎日忙しくて淋しいとか思う暇はなかったです」

「なるほどねぇ」

優しく微笑む勘一に、潤子さんは話を続けます。

「とても明るい人なんです、母は。シングルマザーだっていうのは全然隠さないし、それもひとつの生き方なんだっていつも言っていたし、私もそう思っています。一生懸命働いて、私をこうやって大学にまで入れてくれたし、離れて暮らすことも、私の人生だから好きにしなさいって。それに」

中川さんをちらりと見ました。

「小さい頃から聞かされていました。あなたの父親は、私たちを母子にしてくれたんだ。

それだけで自分は幸せだったんだって。あなたの父親は最高のプレゼントを私たちに贈ってくれてそれだけで充分。父親として家庭に入れる人じゃないけど、それはお父さんの個性なんだって。そんなことで恨んだりひがんだりしないで、楽しみなさいって」お母様、本当にご立派な方のようですね。思えば藍子もそんなことを言ってました。

「楽しめ、とは？」

「たとえば、年に一度送ってくれる手紙や、それに、こんなことをです！」

嬉しそうに潤子さんは周りを見回しました。

「普通に育てられたら、きっとこんなびっくりするぐらいの素敵な出来事は起こりませんし」

「成程ねぇ」

勘一が微笑みます。

「これからは、同じ東京にいられるので。忙しいだろうからあまり会えないかもしれないけど、いつでも会えるって思うと嬉しいです」

素直な、良いお嬢さんなのですね。見た目も、こうしてお話を聞いてもお母様がどういうふうに育ててきたのかが本当によくわかります。あぁ、後ろの方で風一郎さんなんか眼を潤ませてますね。あの人は涙脆《もろ》いし、可愛いお嬢さんの春香《はるか》ちゃんもいますからね。ダブってしまったのでしょう。

「嬉しいことを言ってくれますなぁ中川社長」

勘一が中川さんの背中を叩きましたが必要以上に強く叩いていませんか。大丈夫でしょうか。

「幸せですなぁ、こんな素直な娘さん。ねぇ」

中川さん眼が潤んでいますよ。叩かれて痛いわけではありませんよね。

「済まん！」

突然、中川さんがソファから床に下りて、潤子ちゃんの目の前に正座して、手をつきました。潤子ちゃん、びっくりしています。

「潤子」

「はい」

「嘘だ。嘘なんだ。オレは、ずっと嘘をついてきた。会社の社長なんてのは真っ赤な嘘で、オレはただの売れないミュージシャンなんだ。あんまり売れないから普段は金物屋で働いてるんだ。包丁研いでるんだ」

「包丁」

突然のことに潤子ちゃん眼を丸くしています。中川さん、顔を真っ赤にして、汗を掻いています。

「オレを社長さんだって信じているお前の夢を壊したくなくて、その、友達の皆に調子を合わせてくれって、嘘をついてくれって頼んでしまったんだ。ここは、オレの別荘なんかじゃなくて、そこの三鷹さんの会社の別荘で、オレは本当にただのろくでなしで、その、とにかく、済まん！　この通りだ！」

「じゃ、皆さんは」

潤子さん、周りを見回します。勘一がひょいと眉を上げて、言いました。きっとわかっていましたね。こうなるんじゃないかって。

「潤子ちゃんよ」

「はい」

「友達とか知り合いってぇのは本当だぜ。ここにいるのは全員、あんたの親父さんの昔っからの友達だったり、親父さんの歌を聴いてファンになった本物の社長さんばかりよ。もちろん、池沢さんもな。そこんところは嘘じゃねぇよ。あんたの親父さんは、いい歌を唄うぜ」

「歌」

潤子さん、中川さんを見ました。

「怖かったんだ。情けない、男なんだ。お前にずっと夢を見ててほしくて、お父さんは立派な人なんだって思ってもらおうとして、でも、でもな。お前の話を聞いているうちに、恥ずかしくなってさ。博美も、潤子も、こんなろくでなしのオレのことをそんなふうに思ってくれてるのに、オレときたら、まったく、まったく、本当に」

中川さん、潤んでしまった眼を押さえました。皆が、静かに頷いたり、どうなることかと見守っています。

「LOVEだねぇ」

言うと思っていましたけどやっぱり言いましたね。

「潤子ちゃんぅ」

「はい」

「男ってのはさぁ、見栄っ張りでぇ、女の前でいいカッコしたいだけのどうしようもない馬鹿な生き物だよねぇ。でもぉ、それは全部ぅ、ありったけのLOVEから出るものなんだぁ。LOVEから出た嘘はぁ、優しいねぇ。だからぁ、ここにいる皆ぁ、ナリちゃんのその嘘に乗っかったんだよぉ」

潤子さん、眼をぱちぱちさせながらもう一度皆を見回しました。龍哉さんも藤島さんも池沢さんも、皆が優しく微笑みながら小さく頷き、潤子ちゃんを見ました。

「ナリちゃんさぁ」

「はい」

「君はぁ、社長だっていう嘘がぁ、一年に一回社長として送るお金が潤子ちゃんを幸せな気持ちにしていたって言ってたけどぉ、違うと思うなぁ。潤子ちゃん、君の手紙が嬉しかったんだよぉ。一年に一回やってくるぅ、お父さんからの優しい手紙が嬉しくてさぁそれが潤子ちゃんを幸せな気持ちにさせていたんじゃないかなぁ」

中川さんが驚いたような顔をして我南人を見て、それから潤子さんを見ます。潤子さん、我南人が何を言っているのかを察したのでしょう。小さく頷きました。

勘一が、そっと手を伸ばして、潤子さんの手の甲を優しく叩きます。

「驚いただろうけどよ、怒るかもしれねぇけどよ、後からでもいいから、この爺《じい》さんに免じてよ、馬鹿な父さんを許してやってくれよ」

潤子さん、じっと勘一を見て、それから微笑みました。そっとソファから下りて、正座している中川さんの前に同じように正座しました。

「お父さん」

にっこり笑って、潤子さんが言います。

「今度は、お父さんの歌が聴きたいです」

＊

夜になって少し空気が冷たくなりましたかね。ノラとポコの二匹がくっつくように丸まって、仏間の座布団の上に寝ています。入ってきた紺に気づいて顔を上げましたが、紺に咽をなでられてひとしきり喜んだ後、また寝転がりました。

紺がおりんを、ちりん、と鳴らして手を合わせてくれます。話ができますかね。

「ばあちゃん」

「はい、お疲れさま。なんだかあんたはただついていっただけで出番がなかったね」

「いや、久しぶりにスーツなんか着て、おもしろかったよ」

「潤子ちゃんは大丈夫だったかい？」

「うん、明るい、いい子だね。来週の中川さんのライブに来てくれるって言ってたよ」

「そうかい」

「中川さんも本当のことを言えてホッとしたんだろうね。張り切っていたよ」

「まぁ良かったじゃないか。皆さんには迷惑を掛けたけどねぇ」

「いや、実は皆もノリノリで楽しんでいたんだよね。三鷹さんや永坂さんなんてさ、もう少し長くやってたかったなんて言ってたよ」

「あれだねぇ、類は友を呼ぶっていうけど、やっぱり似た者同士が集まってくるのかね。それはそうと研人はどうだい？」

「あぁ、それこそ全然大丈夫。何もなかったようにケロッとしてるよ。あいつはさ、じいちゃんと親父の両方に似たんじゃないかな」

「そうかもしれないねぇ」

「この先、何をやらかすやら。あれ？　終わりかな？」

話せなくなりましたね。紺が笑って仏壇に手を合わせます。今日も騒がしい一日お疲れさまでした。

男でも女でも、そして親でも子でも、人間は基本的に我儘ですよね。我儘言って自分のためだけに生きていくのは楽なのですが、一人勝手に歩いていくと誰もついてきてくれなくなります。誰も周りにいない一人になって、ようやく人は優しくなれるのですよね。

我儘を言っても、喧嘩をしても、嘘をついてもいいとわたしは思います。自分の歩く道がでこぼこになって初めて、後から歩く人のために、その穴を埋めることを覚えるんですからね。

夏　思い出は風に吹かれて

一

今年の夏も随分と暑い夏になっています。じめじめとした梅雨《つゆ》はいつものこととして、ようやく明けたと思ってもカラッとした天気はなかなか訪れないで、むっとするような暑さが続いています。体調に気をつけなければすぐにバテてしまいそうです。いえ、わたしはバテる身体もないのでいいのですが。

それでも庭の紫陽花《あじさい》は淡い青の花をつけて眼を楽しませてくれましたし、どこからか現れるかたつむりは、かんなちゃん鈴花ちゃんがおっかなびっくり触って喜んでいました。こんな町の真ん中でも夏の虫たちは庭で元気な声を響かせます。蟬《せみ》の声はもちろん、キリギリスも負けじと鳴いています。今のところ二人とも虫は嫌いではないようですね。

鳴き声が聞こえるとどこかなぁと一生懸命探しています。

きれいな薄桃色の花を咲かせる朝顔は、鈴花ちゃんかんなちゃんのために勘一が朝顔市で買ってきました。昨年までは花陽や研人が水やりをしていたのですが、今年は二人でちゃあんと如雨露《じょうろ》で水をあげていますよ。

「かんなのはな」

「すずかのはな」

そういうふうに言って、随分と楽しみにやってくれました。これからしばらくの間、夏の小さな楽しみになってくれるでしょう。まぁ花陽や研人と同じく中学生ぐらいになると飽きちゃうのでしょうけどね。


そんな八月の堀田家です。

相も変わらずクーラーのない我が家。葦簀《よしず》や風鈴、打ち水に氷柱《ひちゅう》琴《きん》と昔ながらの涼を求める形で夏を乗り切ります。幸いにしてここの家は風の通りがとても良いのです。そもそも日本家屋というものがそういうふうにできていますからね。廊下の突き当たりにある円窓を開ければその向こうに庭の緑も見えて、廊下を涼しい風が通ります。それでもまぁ暑いことは暑いのですけどね。

いつもの夏なら、こんなにクソ暑いのは温暖化より日本の政治がだらしないせいだと文句ばかり言う勘一ですが今年は違います。暑さも気にならないほど心待ちにしていたことがあるのですよね。

いよいよ真奈美さんの出産予定日が近づいてきたのですよ。あの冷静なコウさんも、毎日そわそわして思わず料理で失敗作を出してしまうぐらいです。

男の子か女の子か気になるところですが、実はもうわかっています。つい先日にお医者様に訊いたそうで、名付けのためにも事前に教えてもらいました。

男の子なんですよ。

それを聞かされて以来、勘一はもう何十と男の子の名前を考えては半紙に書き、書いては捨てを繰り返しています。名付け親というのも責任重大ですよね。たかが名前かもしれませんが、その子の一生について回るものです。より良いものをと考えてしまいますよね。昨今はあれですよ、どうにも名前には似つかわしくない漢字を並べてさらにはまったく読めない当て字にする親御さんも多いようですね。名前など時代時代で変わっていくものですからどうこうは言えませんが、決して親の自己満足だけではいけません。その名前で人生を歩んでいくのは、ほかでもないその子なのですからね。いろいろと考えてほしいものです。

お店はコウさんと池沢さんにお任せしているので、運動のためにとよく我が家まで歩いてくる真奈美さん。大きなお腹に、我が家のアイドルの鈴花ちゃんかんなちゃんも興味津々なのです。「あかちゃんまだかな」「あかちゃんしゃべる?」などと、真奈美さんのお腹に耳を当てたり優しくさすったり、傍を離れません。そういうのはやはり女の子なんでしょうかね。

産まれれば、二人とは三つ違いになりますか。きっと良いお姉さん役をしてくれることでしょう。

朝になれば早起きの鈴花ちゃんかんなちゃんが家中のカーテンや縁側の戸を開けて回り、皆を起こします。今日も研人は二人に「けんとにぃ!」と、布団の上にダイビングされて起こされていました。

いつものように、藍子とマードックさん、かずみちゃんは小道一本隔てた〈藤島ハウス〉からやってきて台所に入り、かずみちゃんを中心に朝ご飯の支度です。

居間の座卓の上座には勘一が座り、その向かい側には我南人ですが、最近それ以外の皆の座る場所は毎日のように変わってしまうのです。

それというのも、座卓に食器の用意をするかんなちゃん鈴花ちゃんが勝手に決めてしまうからなんです。

「ここは、あいこちゃん」

「ここはかよちゃん」

「こんちゃん、ここー」

「まーどくさん、ここー」

「けんとにぃは、ここ！」

今日も二人でにこにこしながら、お箸やお茶碗を並べていきます。

「あみちゃん、ここ」

「すずみちゃん！」

「あおちゃんはここ」

「ここがぁ、かずみちゃん」

決まったようですね。肝心の自分たちは今日は勘一の横に決めたようです。まぁ上座を一人で独占していて、左右は広いですから。

白いご飯におみおつけの具はワカメに葱。目玉焼きにオクラとちくわの金平《きんぴら》、南瓜《かぼちゃ》と椎茸《しいたけ》の生姜煮は昨夜の残り物ですね。焼海苔にすっかり定番になった胡麻豆腐にお漬物は柚子《ゆず》大根。サラダは、トマトとクリームチーズにオリーブオイルをかけたものを冷たく冷やしています。暑い夏には嬉しい一品です。最後にいまだにこれがないとかんなちゃん鈴花ちゃんが納得しない、ちくわと胡瓜のマヨネーズ和え。

皆が揃ったところで「いただきます」です。

「大じいちゃん名前決まった？　赤ちゃんの」

「ちくわおいしいねー」

「いよいよ明日ね、出発」

「お風呂の改修も始まるからね。皆忘れないでよ」

「決めたけどよ、まだ教えないぜ」

「イギリスは雨が多いからねぇ。また梅雨のところに来た気分になるよぉお」

「べんじゃんがないてるー。おなかすいたのかなぁ」

「楽しみで今日は眠れそうもないかも」

「ぼくぅ、夏はふんどしにしようかなぁって思ったんだよねぇ。親父は昔締めてたのぉふんどしぃ？」

「とうさんも、かあさんも、すごくたのしみにしています」

「そういえば銭湯の道具を皆の分、揃えなきゃね」

「おい、きなこ残ってたよな。持ってきてくれよ」

「なんでさぁ」

「お土産のリスト作らなきゃ」

「きのこですか？　ありませんけど」

「お父さん食事のときにふんどしってやめて」

「ベンジャミンのご飯はまだだよ」

「きなこだよきなこ、それでなんだよふんどしって。俺は江戸明治の生まれかよ。パンツだったよパンツ」

「だから下着の話はやめてください」

「旦那さん！　トマトサラダにきなこって！」

「乙《おつ》な味になるんだってやってみろよ」

お願いですからあなたの変な食べ物をかんなちゃん鈴花ちゃんにあげないでくださいね。子供は素直ですからそれを美味しいと思ったらどうするんですか。

「荷造り、早いうちにしちゃうのよ。トランクに入れる前にまずは全部床に並べるの」

「はーい」

藍子に言われて、花陽と研人が返事をします。朝からイギリスの話で持ち切りですが、実は明日、花陽と研人とマードックさんがイギリスに向かうのです。

マードックさんが仕事の関係で一度イギリスに帰らなければならなくなったのですが、それを聞いたマードックさんのお父様、ウェスさんが、それならぜひ孫たちをイギリスに連れてこい、となったのですよ。そうして、何と飛行機のチケットまで送ってきてくれたのです。

失礼ですがそれほど裕福ではないはずなのになぜこんな無茶を、とマードックさんに訊くと、なんと向こうのいわゆる宝くじに当たったとか。

日本円で総額五十万円ほどだったらしいのですが、それなら日本にいる孫たちのために使おうと決めたとか。正確に言えば義理の孫に当たるのは花陽だけで研人は違うのですが、ありがたいお話です。

「そういえばさ、花陽」

青が何かにやにやしながら言います。

「交際申し込まれてフッたんだって？」

「なにぃ？」

勘一が慌てたように声を上げました。花陽は少し笑って軽く手を振りました。

「そんな大袈裟な声出さないで大じいちゃん。何でもないんだから」

「同じクラスの奴か！」

「じいちゃん、そんなので興奮してたら拙《まず》いよ」

「何がでぇ」

紺が笑います。

「だって、花陽は明日から十日間もイギリスだよ？　向こうには神林兄弟がいるんだからね」

その通りですね。いくら花陽が神林くんたちとデートを重ねても勘一にはどうしようもありませんよ。

「そりゃあまぁ」

勘一が渋面を作ります。

「せっかくだから会ってくるのはしょうがねぇけどよ。マードックよ」

「わかってます。しっかりと、どこにいくのにも、つきそいます」

花陽が苦笑いします。

「大じいちゃん」

「なんでぇ」

「私はね、お医者さんになるんだよ？　それってものすごく大変なんだよ。恋なんかしてる暇ありません。大丈夫です」

それを聞いた藍子が微笑みましたが、花陽も同じ笑顔ですね。勘一は嬉しいんだか複雑なんだか微妙な表情で頷きました。

あれですね、今はパソコンで海外の人とも顔を見ながらお話ができるそうですから、勘一は毎晩それをさせろと言ってくるかもしれません。何にしても初めての海外旅行です。しっかり準備をして、楽しんできてほしいですね。

「でもさ」

研人です。

「向こうに行ってる間に真奈美さん予定日なんだよね」

「そうだな」

「帰ってくるまで待っててって言っといてよ」

赤ちゃんが産まれるのを楽しみにするのはいいですけれど、それはちょっと無理な相談ですね。

朝ご飯が終わると、今日も〈東京バンドワゴン〉の一日が始まります。朝ご飯の片付けものはかずみちゃんと花陽に任せて、カフェには藍子と亜美さん、古本屋の帳場に勘一がどっかと座ります。

この暑い夏でも帳場にいるときには熱いお茶を飲む勘一です。でも、暑いときにこそ熱いお茶がいいと昔から言いますよ。

「はい、旦那さんお茶です」

「おう、ありがとよ」

すずみさんはそのまま戻って、母親としてのお仕事ですね。お洗濯やお部屋の掃除や鈴花ちゃんやかんなちゃんの遊び相手もしなきゃなりません。

まったく儲からない古本屋ですが、仕事は実にたくさんあるのです。棚や買い取った本の整理に始まって、何せものが古いものですから、クリーニングも欠かせません。さらには、本棚を置かせてもらっている施設などへの入れ替え本の仕分けもありますし、蔵に保管している古書の管理もあります。

ただ積んでおいてはどんどん本は傷んできます。定期的な虫干しは欠かせませんし、膨大な量がありますから虫干しのスケジュールを管理するだけでも大変なのです。雨が降っているときはできませんから、まるで農業のように天気を気にしながらの作業になるんですよ。すずみさんと青は、お店に座るのは勘一に任せて、その裏方を一手に引き受けてやっています。もちろん、紺も手伝いますけどね。

「ほい、毎度のおはようさん」

開け放した入口から祐円さんが入ってきました。派手なTシャツにジーンズと随分お若い格好をしていますね。またお孫さんから貰ったのでしょうか。

「毎度」

「なんだい今朝は勘さん一人かい」

「すずみちゃんは忙しいんだよ。お母さんなんだからな」

そうだよなぁ、と祐円さん自分でカフェに向かって声を上げます。

「おはようさん！　あっついお茶をおくれ！」

はーい、と、藍子の声が響きました。あぁ、ゆーえんさん！　と叫ぶかんなちゃん鈴花ちゃんの声も聞こえてきました。

「そういやさ、勘さんよ。最近、藤島の野郎はちょくちょく顔を出すかい」

「藤島？　まぁ相変わらずだが、そういや最近はちょぃとご無沙汰加減が増えたかな」

そういえばそうですね。もちろんお仕事が忙しいのでしょうけど、来るときには週に二度三度と顔を出してくれるのですが。

「そうだろう？　いや実はよ、こないだの日曜にな、あの野郎が女と銀座を歩いているのを見かけてよ。それがまぁ上品そうな綺麗《きれい》な女でな」

「おめぇは何で銀座なんかに行ってんだよ」

「俺だってたまに銀座に買い物ぐらい行くさ。で、ようやく藤島にも相手ができたのかなぁと思ってさ」

藤島さんが美しい女性と歩いているのは特に珍しいことではありませんけどね。勘一が、まぁ、と言いながら首をぐるりと回します。

「それならそれで目出度《めでて》ぇこっちゃねぇか。おめぇのところで式を挙げさせりゃあまた儲かるってもんだ」

「まぁな」

なんだかんだと言いながら勘一も祐円さんも藤島さんのことを心配してますよね。さっさと腰を落ち着ければいいのにといつも言ってます。

「ごめんなさいよ」

入口から声が響きます。いらっしゃいませ、と顔を上げた勘一の表情が変わります。祐円さんも腰を上げました。

まぁ、随分とお久しぶりの方が。

「しばらくでした勘一さん。祐円さんも」

「まったくだなおい」

見事な白髪を後ろで束ねた痩身で初老のこの方、神保町の古書店〈岩書院〉社長の大《おお》沼《ぬま》岩男《いわお》さんです。

数多《あまた》の古本屋が軒を連ねる神保町界隈でも最古参の古書店でして、最大規模を誇る〈東京古本組合〉の会長さんでもあります。

祐円さん、顔を少し顰めて、つるつるの頭をポンと叩きます。

「まぁちょいと、かんなちゃん鈴花ちゃんの相手でもしてくるかね」

そう言ってカフェに向かっていきました。祐円さんはその昔から岩男さんのことを知っていますからね。こうやって岩男さんが勘一のところにやってくるというのは、何か難しい話をしに来たんだということもわかっていますから気を利かせてくれたのでしょう。

岩男さん、すっと帳場の前の丸椅子に腰掛けます。

「どうだい神保町の方は、最近はけっこう賑わってるんじゃねぇのかい」

「いやぁ、相変わらずです。まぁ組合員の皆といろいろと工夫して何とか生き長らえているような状況でして」

東京の古書店のほとんどが加盟している〈東京古本組合〉ですが、〈東京バンドワゴン〉はその昔から加盟していません。

そもそも東京の古本屋でも老舗の我が家ですから、いの一番に組合に協力しなければならない立場なのですが、我が家には一匹狼でなければならない様々な事情があります。

もちろん、そのあたりは岩男さんも理解していらっしゃるのですが、事情を知らない同業者の中には我が家のことを悪者のように言う方もいますよ。それはまぁ仕方がないと諦めているのです。

岩男さん、以前にお会いしたのは何年前でしたかね。その頃よりさらに痩せてしまったような気もします。確か、そろそろ七十五を越える頃だと思いましたが。

「それで、どうしたい。忙しいおめぇがわざわざここまで茶飲み話をしに来たわけじゃねぇんだろう」

「それがですな、勘一さん。良い話になるか悪い話になるか、判断が付かないんですがね。こういうものを手に入れたんで、お持ちしたんですよ」

岩男さんが肩に掛けたバッグから、一冊の本を取り出しました。何の本でしょうか。立派な装幀の古本であることは間違いないと思うのですが、ちょっと題名までは見えませんでした。勘一が訝《いぶか》しげな顔をして手に取ります。

「奥付のところを見てください」

岩男さん、随分と難しい表情をしていますね。その表情に勘一も隠すようにそっと本を広げました。あぁわたしからは見えませんね。もう少し開いてくれればいいものを。でも、勘一は声も上げずに眼を剝きました。驚いたように岩男さんを見ます。

「おい、こいつぁ！」

岩男さん、ゆっくりと頷きます。

「間違いないと思います」

「どこだよ。どっから持ち込まれたんだ」

頷いて、また鞄の中から何かを出そうとしましたが、入口から声がしたので引っ込めました。

「おはようございますー」

軽やかな、女性の声ですね。ストレートの長い髪の毛、スリムなジーンズにふわふわとした淡いピンクのブラウス。細身の背の高い若いお嬢さんですが、さて、どこかでお見かけしたような顔ですが。

「いらっしゃいませ」

勘一も、どこかで見たなという顔をしますよ。お嬢さん、つかつかと歩み寄ってにこりと笑います。

「お久しぶりです。覚えてますか？」

「面目《めんぼく》ないね。綺麗なお嬢さんは大抵覚えてるもんだが、年のせいでどうにも頭が回んなくてね」

くすり、とお嬢さん笑います。

「すずみの友達の、長尾美登里《ながおみどり》です」

「おっ！」

勘一が文机をポンと叩きます。わたしも思い出しましたよ。

「美登里ちゃんな！　そうだそうだ。こりゃあ久しぶりだ。随分姿を見せなかったんじゃねぇか？」

「ごめんなさい。いろいろ忙しくしていたもので」

「すずみちゃんも心配していたぜ。ちょいと待ってくれよ」

勘一が中に声を掛けようとしたときに、声を聞きつけたのでしょうね。すずみさんが凄い勢いで走ってきました。

「美登里！」

「すずみ！」

あぁ、もうお互いに飛びつかんばかりの勢いですね。

成美さんを加えて三人で、大学時代からの大の仲良しトリオだったはずです。さっきまで渋面だった勘一も岩男さんも、若いお嬢さんたちの嬌声《きょうせい》についつい顔が綻《ほころ》びます。

「何よ、いったいどうしてたの！」

すずみさん、早くも涙目になっています。いえ、美登里さんもそうですね。勘一が苦笑いしてまぁまぁと二人に言います。

「ちょうどいいやすずみちゃん。俺ぁちょいとそこらでこいつと茶でも飲んでくるからよ。交代してゆっくり話をしてくれや」

「あ、済みません旦那さん」

勘一が頷いて帳場を下り、サンダルをつっかけて岩男さんと一緒に出ていきます。さっきの本がどんな本で、いったい何の話になるのか気にはなりますが、美登里さんも随分お久しぶりですからね。お二人のお話を聞いていましょうか。

「今までどこで何してたのよ！」

帳場に座ったすずみさんが勢い込んで訊きます。美登里さん、くすっと笑いました。

「実はね、海外にいたの」

「どこの海外」

「青年海外協力隊でね、あちこち回ってたんだ」

「えぇぇ？」

話を聞いていますと、どうやら美登里さん、三年ほど前から親友だったすずみさんにも成美さんにも連絡をしなくなったらしいのです。

住んでいたアパートも引っ越して携帯電話も解約。つまりほとんど行方不明になったのですよ。幸い、ご実家にはきちんと連絡は入っていたので、すずみさんも成美さんも心配しながらも、一応の安心はしていたのですが。それまでは、よくお店にも顔を出してくれてましたものね。

「なんで急に？　スッゴイ心配してたんだよ？」

「まぁ、いろいろあってねー」

ぺろりと舌を出して、ごめんね、と謝ります。そこに、お母さんの楽しそうな声を聞きつけたのでしょうね。鈴花ちゃんかんなちゃんが古本屋にやってきました。

「ママー」

「すずみちゃーん」

「ウソ！」

すずみさんをママと呼ぶ鈴花ちゃんに、美登里さんが驚いて笑顔になります。そうですね。すずみさんがお母さんになったのを知らなかったのですね。またひとしきり騒いだところで、今度は紺が店にやってきて、積もる話もあるだろうからどうぞ中へ入ってくださいと言います。

「交代するよ」

「ごめんなさいお義兄《にい》さん。お願いします」

「すみません、お邪魔します」

どうぞゆっくりなさってください。鈴花ちゃんかんなちゃんが騒がしくするかもしれませんが、よろしくお願いしますね。

それにしても良かったですねすずみさん。良い友人は一生の宝ですから、こうしてまた会えたのは本当に嬉しいことでしょう。

二

花陽と研人とマードックさんがイギリスに旅立ってから三日が過ぎました。

今の世の中は本当に便利ですね。海外にいてもいつでもどこでもメールなどで近況報告ができてしまいます。

さらに今回は、Twitterというものをイギリスに行っている間だけということで、花陽が始めたのですよ。それは知っている人だけが見られるもので、パソコンの画面上で会話もできて、写真や動画なども見られるのです。毎日、花陽と研人の二人があちこちに出掛けている様子が見られて、勘一も喜んでいました。

少し前までは、夏休みに花陽と研人がどこかへ出掛けてしまうと家の中が本当に静かになったものですが、今はそんなこともありません。

こうなってみて初めて気づきますが、いつの間にか二人とも大きくなって家で騒ぐこともなくなってしまったんですよね。その代わりにかんなちゃん鈴花ちゃんの声が響くのが当たり前になっています。

そのかんなちゃん鈴花ちゃんは、今日は居間で美登里さんと遊んでいます。

美登里さん、あれから毎日我が家に通ってくれて、二人と遊んでくれるのですよ。なんでも当分の間は休暇なのですが、恋人もいなければすることもないと言っています。若いお嬢さんですから、そんなこともないと思うのですが、すずみさんの話では元々大の子供好きだったそうです。花陽、研人、マードックさんと三人も人数が減るとさすがに我が家もちょっと手薄になりますので、すずみさんも皆も美登里さんに感謝していま す。

昼下がり、静かになったと思ったら、仏間で二人は眠っています。寝かしつけていた美登里さんもすやすや眠っていますね。子供を寝かしつけるとついつい一緒に寝てしまうのは何故なんでしょうね。

紺と青が、蔵の扉や窓を開け放って風を通しています。夏の間の湿気は古本にとっては大敵です。一日に一回はこうしてやらないとカビが生えたりしますからね。

そして古書そのものの虫干しも古本屋の大事な仕事です。ゴザと簀《すこ》の子を庭に敷き、キャンプのタープを張り日陰を作ります。そこに本を出してきて陰干しをするんですよ。

それほど古くない本はしばらく放っておいても大丈夫ですが、年代物の古書はあまり風に当て過ぎても傷んでしまいます。その辺の加減はやはり経験が必要になってきます。特に貴重な古典籍を扱うときには白手袋をつけて、低いテーブルに白布を敷いて本を並べ、一枚一枚、ゆっくりとページをめくり中の状態を確認しながら、軽く虫干しをします。仕事とはいえ、暑い中の作業は辛いものがありますね。

一段落ついて蔵の入口のところの階段に腰掛け、防火バケツを置いて二人が煙草を吹かしています。

「あの二人もすっかり美登里ちゃんに懐《なつ》いちゃったね」

青が言うと、紺も頷きます。

「でも、あの子変わったよな。前はもっと大人しい感じの子だったたって記憶してるんだけど」

「あぁ、そうだよね。でも青年海外協力隊で働いていたっていうんだから」

「そうだよな。積極的で明るくなきゃできないことだよな」

そうでしょうね。子供と接することも多かったのではないでしょうか。なんでも、そうしようと決めたのは突然の事らしかったですから、何か事情があって、自分の人生を変えてみようかと思ったのでしょうかね。

あら、かずみちゃんがお盆にグラスを二つ載せて、縁側から下りてこちらにやってきます。

「レモネードはどうだい。今搾ったばかり」

「おっ、旨そう」

「いただきます」

かずみちゃん、仏間の方に眼をやって言います。

「あの子にもと思ったけど、眠っちゃったね」

青が頷いて言います。

「寝かしておけばいいよ。ずっと二人の相手をしてると疲れるんだから」

「そうだねぇ」

かずみちゃん、ちょっと首を傾げます。

「ねぇ青ちゃん。あんたはあの美登里ちゃんを昔から知ってるんだろう？」

「すずみと彼女が大学生の頃からだけどね」

「あの子、外国で何かあったのかねぇ」

「何かって？」

紺がレモネードを一口飲んで訊きました。

「何かねぇ、こう感じるんだよ。無理してるというか、そんなような雰囲気をねぇ」

「そうなの？」

紺と青が首を傾げます。

「まぁ思い過ごしかもしれないけどね」

かずみちゃんがそう思うのなら何かがあるのでしょうか。わたしにはあんまり感じられませんでしたが。

「まぁ久しぶりに日本に帰ってきて、友達関係が復活してテンションが上がっているんじゃないの？」

「そういうことかもね」

「それよりもさ、かずみさん。じいちゃんがさ、ここ何日かおかしいと思わない？」

青が言います。

「そう、俺も思ってた。外出することが多くなったし、帳場で何やら考え事をしてることも増えてさ。なんとなく元気がないんだよね」

「夏バテって感じでもないんだよなぁ。ご飯はしっかり食べているから」

かずみちゃんも頷きます。

「やっぱり皆も気づいていたかい」

そうなのですよね。ただ、花陽や研人がいないのでその分淋しいのかと思ってもいたのですが。

「すずみの話ではさ、それこそ美登里ちゃんが来た同じ日に、大沼さんが来てたって言うんだ。組合の会長のさ」

「大沼さんが？」

紺は初めて聞いたのですね。

「それかなぁ、何かあったのかな」

「私はその人との細かいことはわからないけど、ややこしい関係なんだろう？」

そうですね。同業者でお互いに古本を愛する者同士。そんなにややこしくはないのですが、背負っているものの違いがいろいろと軋轢《あつれき》を生むことはあります。それでも二人が仲が悪いというわけではないのですよ。

「毎日暑いし、気に病むことがあるんならちょいと心配だね」

ああいう人ですからね。何かがあったとしても自分一人で何もかもやろうとしてしまいます。何事もなければいいんですけど。

「まぁ後でちょいと話をしてみるよ」

「頼みます。じいちゃんにハッパ掛けられるのはかずみさんだけだからさ」

そうかもしれませんね。

何とかしなきゃならないと話していたお風呂場の工事も今日から始まっています。それほど大掛かりなものではないですけど、一週間ほどはお騒がせしますからね、藍子が向こう三軒両隣に声を掛けて、すみませんけどよろしくお願いしますとお伝えしました。

　ご近所さんからは、堀田さんのところだけはそのままでいてほしいと言われるのですよ。もう築七十年以上にもなるおんぼろの日本家屋の我が家ですが、その風情だけはいつまでも残してほしいと。

　もちろん我が家の皆もそれを望んでいますから、あちこちを修理し大切に使って毎日を過ごしているのですが、いつまで持つものでしょうね。

　しばらくの間お風呂が使えなくなりますので、少し先にまだ残る銭湯〈花の湯〉に皆が通うことになります。かんなちゃん鈴花ちゃんは初めての銭湯ですよね。どうなることでしょう。心配なのでお母さん二人とも一緒に入った方がいいですよね。

＊

　休憩中のすずみさんが居間で美登里さんと、レモネードを飲みながら話しています。

「ごめんねぇ美登里。すっかり世話を任せちゃって」

「いいんだよ。私も楽しんでるし」

　二人がまだ仏間で眠る鈴花ちゃんかんなちゃんを見ます。子供の寝顔は本当に可愛いですよね。

「私こそごめんね。暇だからってこんなに上がり込んじゃって」

「いやそれこそいいよ。すっごく助かってるし。何せ忙しい家だから」

「本当だよね。まさかこんなにバタバタしてるとは予想してなかった。古本屋ってもっとのんびりできる商売かと思ったのに」

そうですね、はたから見るとそう思えるかもしれませんね。

「それにしてもさぁ」

すずみさん、お友達の美登里さんと話すときはやはり口調が少し砕けたものになりますね。本当に心を許したお友達なのでしょう。

「まだ言う気になれない？　なんで急に海外に行っちゃったのか」

美登里さんが、微かに苦笑します。再会した日のお話では、いろいろあって、誰にも告げずに行ったということでしたね。

「まぁ」

呟くように美登里さん、話します。

「きっと予想していると思うけど、男なんですけどね」

すずみさんもちょっと顔を顰めました。

「あのとき付き合っていた人？　詳しくは聞いてなかったけど、年上の人とか言ってたよね」

「うん。今もちょっと詳しくは言えないかな。とにかくまぁ、あれよ。いろいろあって自分が本当にイヤになって、それで、ね」

「青年海外協力隊」

「うん」

こくん、と頷きます。すずみさんもそれ以上は詳しく訊こうとしません。言いたくなったら教えてくれますよね。友達なんですから。

「まぁまだ若いんだからさ」

「若くないよー、もう二十七だよ私たち」

若いですよ充分に。

「若いって。あなたもここに通ったらわかるでしょ。旦那さん八十過ぎだよ？　かずみさんだって七十過ぎだよ？　お義父さんだって還暦過ぎてるしそりゃもう元気すぎるお年寄りがわんさかよ」

「本当だね」

「それから考えたら私たちなんてまだまだ卵の殻をつけたひよっこよ？　全然頑張れるって」

その通りですね。何があったかわかりませんが、美登里さんも元気を出してまた新しい目標を見つけてほしいですね。

夕方になって少し過ごしやすくなりましたかね。

帳場に座る勘一は煙草を吹かして何やら難しい顔で本を読んでいます。すずみさんはその後ろで棚の整理をしていました。

かんなちゃん鈴花ちゃんは、居間でお父さんたちに遊んでもらっています。何をしているのでしょう。子供向けのバランスゲームでしょうか。カフェにもお客さんは少なくて、夏の夕方、まったりとした時間が流れています。

かずみちゃんが、古本屋に顔を出して勘一に呼び掛けます。

「勘一ぃ」

「おう」

「ちょっと散歩につきあってくれないかい」

散歩？　と勘一は顔を上げました。

「なんだよ急に」

「まぁたまにはいいじゃないか。夕涼みだよ。つきあっとくれよ」

言うとかずみちゃんはさっさとサンダルをつっかけて、外へ出ていきます。勘一は何事だよと文句を言って、すずみさんに声を掛けます。

「なんだかわかんねぇけど頼むぜ」

「はーい、いってらっしゃい」

煙草と財布だけ持って、勘一が出ていきます。見送ったすずみさん、居間で様子を見ていた紺と青を振り返ります。

「どうしたんだろうね？」

「あれじゃないかな。なんで最近元気がないんだって話すんじゃないかな」

「あぁ」

納得、とすずみさん頷きます。

わたしも気になりますから、ちょっとついていきましょう。後を追うと、二人は歩いて大きな通りに出ました。かずみちゃん、そこに停まっていたタクシーに向かいます。呼んであったのですね。

「タクシーだぁ？」

「そうだよ。たまにはいいじゃない」

「散歩じゃねぇのかよ。どこ行くんだよ」

勘一が渋面を作って言います。

「いいから、つきあっとくれって」

便利な身体のわたしですが、さすがにタクシーを追いかけることも、もちろん空を飛ぶこともできません。そんなことができればもっと便利なのですが。

幸い席さえ空いていれば乗っていくことはできますので、タクシーのドアが開いた瞬間に先に乗っちゃいました。助手席に乗れば問題ないですよね。運転手さんが荷物を置いてますがそれはわたしにには何でもないです。

仏頂面のまま乗り込んだ勘一。黙って腕を組んで外を見ています。冷房の効いた車内は驚くほど涼しいですね。運転手さんにはあらかじめどこへ行くかは伝えてあったのでしょう。道もそれほど混んでおらず、タクシーはどんどん走っていきます。

「そういやぁよ」

勘一がぼそっと言います。

「かずみと二人で車に乗るなんざぁ何年ぶりだ」

あぁ、そうでしょうね。我が家は車はあんまり使いませんから。

「そうだねぇ。堀田の家を出る前だから、五十年以上も前じゃないのかい」

「まったく、どんだけ長生きしてんだかってな」

本当だねぇとかずみちゃんも笑います。皆で一緒に暮らしていた頃は、まだ一般のお宅が車を持つことも珍しかった時代ですよ。我が家では商売柄オート三輪なんていうものをすぐに購入しましたっけね。勘一と二人でそれに乗って、古本や骨董品を集めて回ったこともありました。

タクシーはけっこう長い間走り続けます。一体どこまで行くんだと勘一は外を眺めます。東京生まれ東京育ちのわたしたち。故郷というものはここしかありません。

故郷の東京は、時代の波を飲み込んで本当にどんどん変わっていきます。変わらない故郷というものがある人たちが羨ましいと感じたこともありますね。

「この辺でよろしいですかー」

運転手さんが言ってタクシーが停まります。さてここは。勘一が車を降りて辺りを見回します。かずみちゃんも車から降りて、勘一を見ました。

「おい、ここは」

「わかったかい」

ここは駒場公園の近くじゃありませんか。

「また遠い散歩になっちまったなおい」

昔と違って随分と賑やかになっていますけど、この辺りも、細い通りはまだありますね。かずみちゃん、そこをゆっくりと歩いていきます。まだまだお陽様は高いですけど、じんわりと空は夕方の色合いを帯びてきました。

まぁ、こんなに古いお宅もまだ残っているんですね。この木造住宅は明らかに昭和のものでしょう。

「確かさぁ、この辺だったよねぇ。サッちゃんの生家、子爵の五条辻《ごじょうつじ》様のお屋敷があったのはさ」

あぁ、と勘一も頷きます。

「すっかり変わっちまって、どこがどこやらわかんねぇけど、まぁこの辺だ」

そうでした。思い出しますね。終戦後はいろいろあって何もかもなくしてしまった五条辻家でしたけど、お父様やお母様と過ごした家のことは、今でもはっきりと覚えていますよ。

「夜明けに忍び込んでな。サチの服やらなんやらを持ち出したが、親の写真とかそんなものはもうなくてな。可哀相なことしたぜ」

「サッちゃんも、この辺には全然近づこうとしなかったよね」

「そうだな」

そうでしたっけ。そういえばそうかもしれませんね。

「堀田サチになったからにはもう何もかも忘れるようにするってな。無理しなくていいのによ」

無理なんかしてませんでしたよ。わたしは堀田家に嫁いで本当に幸せだったのですから。

それにしても、本当に何もかも変わってしまって。

「ところで、なんでこんなところに来たんだよ」

「あんたが何か悩んでいるからだよ。皆、心配してるんだよ。気分転換になるかと思ってさ。私も一度来てみたかったしね」

勘一がひょいと眉を動かします。

「そうかよ、皆心配してたか」

「してたよ。ただでさえあんたはいつぽっくり逝ってもおかしくないんだから。せめて空元気《からげんき》だけはいつも見せていなさいよ」

「ちげぇねぇな。そいつぁ気使わせて悪かったな」

苦笑いして、二人は歩いています。あぁ、あれは前田様のお屋敷ですね。あれだけはまだ当時のままの姿です。

「変わってねぇのが、かえって何だか悲しくなるぜ」

勘一が言います。本当に立派なお屋敷ですよね。

「思えばよ、かずみ」

「はいはい」

「サチはよ、俺らとはまったく違う世界の人だったんだぜ。なんたって子爵様の一人娘だったんだからな。あの前田さんの屋敷よりサチの五条辻の家の方が大きかったぜ。それがよぉ、まぁいろいろあったとはいえ、チンケな古本屋の嫁になってよ。気苦労も多かったと思うぜ」

「そうだね。あんたみたいな亭主を持ってね」

うるせぇよ、と勘一が笑います。笑って、わたしもその昔にお邪魔したことのある前田様のお屋敷を眺めます。勘一は、ふぅ、と溜息をつきました。

「サチが生きてるうちによ、どうしても手に入れたかったものがあってな。結局それを手に入れられなくてよぉ。悔しい、歯痒《はがゆ》い思いをしたんだよ。東京でも老舗の古本屋でございって言っても結局駄目でよぉ」

「なんだい。何を手に入れられなかったんだい」

「サチの親父さんの蔵書よ」

まぁ、それですか。

「五条辻さんも随分と読書家だったたって話でよ、そりゃあ貴重な本もあったたって聞いたぜ。〈五条辻〉の蔵書印を作って全部の本に押してあったそうだ。それらの本はよ、あのときGHQに全部接収されちまってよ。それっきりどこに行ったもんだか行方不明になっちまったのよ」

「そうだったのかい」

「そん中にな、サチの親父さんが書いた本があるんだよ。私家版だ。サチの話じゃあ二十冊しか作らなかったらしい。あちこちの海外を見聞した紀行文でな。なかなか面白かったたって話なんだぜ」

そうでした。まだ覚えていたのですね勘一は。

「親父さんの直筆の言葉が書いてあってな。〈最愛の娘、咲智子《さちこ》へ〉だそうだ。その本も接収されちまったことを、サチは随分と残念がっていてよ」

「そりゃあ、そうだね。気持ちはわかるね」

思い出しますね。お義父さんも随分手を尽くしてくれましたが、結局見つからないままでした。

「サチが死んじまった後もな、せめて墓前にそなえてやりてぇと思って四方八方手を尽くして探していたんだけどよ」

「ひょっとして、見つかったのかい」

かずみちゃんが訊くと、勘一は渋面を作って頷きます。

「そうよ。ひょっとしたらな、見つかったんだけどよ」

「だけどよ、って何よ」

勘一が振り返りました。

「まぁこっから先は、心配掛けた皆の前で話すか。現物がなきゃあ話しづれぇしな」

お店に戻ると、すずみさんが笑顔で勘一を呼びました。

「旦那さん！」

「どしたい」

「藍子さんに、お客さんが来たんです。旦那さんを待ってたんですけど、間に合って良かった」

藍子のお客さんが勘一を待っていたんですか？　勘一が何だ誰だと居間を覗き込むと、皆が立ち上がってこちらを見ていました。

あぁ、あの方は。

「おお！　あんた」

三石さん、その場で頭を下げました。

「ご無沙汰しております！」

藍子の同級生で、不動産屋さんの三石さんですね。冬頃でしたか、入院して難しい手術をされると伺っていましたが、退院されたのですね。まぁお元気そうじゃありませんか。

「いやぁ、無事だったかい」

居間には藍子の他に紺も青もいました。皆で話をしていたのですね。立っているのはちょうどお帰りになられるところだったようです。

「お蔭様で、この通り無事に日常に戻ることができまして、仕事にも復帰しました。今日は改めてお礼に伺いました」

勘一はにこにこしながら、手を振ります。

「なに、礼なんかいらねぇよ。こちとら大したことしてねぇんだ。病気も治って、元気になったんならそれで万万歳《ばんばんざい》ってなもんだ。なぁ藍子」

　藍子も微笑んで頷きます。そのまま皆で玄関までお見送りです。三石さんさすがに多少お痩せになったようですけど、足取りもしっかりされてますし、お元気になられて本当に良かったですね。

「まぁあれだ。同級生のよしみでよ。これからも客として店に寄ってくれよ」

「もちろんです」

　三石さん、にっこり微笑みます。

「入院中にいただいた本を全部読んだんです。それでもうすっかり読書の魅力に取り憑《と》かれました」

「そいつぁ嬉しいね。どんどん読んどくれ」

「はい。また本を買いに伺います。あ、そうだすみません、忘れてました」

　三石さん、胸ポケットから名刺を取り出します。

「もし、今後、御家族の方のお部屋の賃貸や不動産関係のことがありましたら、何なりとおっしゃってください。精一杯勉強させていただきます」

「おぉ、そうだな。そんときはよろしく頼むぜ」

　笑って勘一が名刺を受け取りました。良いご縁ができましたね。

＊

「こいつよ。岩男が持ってきてくれたんだ」

晩ご飯も終わり、かんなちゃん鈴花ちゃんも寝かしつけた夜更けです。紺に青、すずみさんに亜美さん藍子にかずみちゃん。どこに行っていたのか我南人も帰ってきていました。皆が座卓で軽く一杯と、冷たいものを飲んでいます。

勘一が座卓の上に置いたのは、〈東京古本組合〉会長の大沼岩男さんが持ってきた本ですね。それだったのですか。

「ほれ、この通り」

勘一が奥付のページを開くと、確かにありました。あぁ、懐かしいです。確かに五条辻家の、お父様の蔵書印が押してあります。紺と青、すずみさんが興味深げに覗き込んでいますよ。

「この蔵書印は確かに初めて見るね」

「私もです」

「俺だって初めてなんだからな。あたりめぇよ。しかしさすがに風格ある立派なもんだ」

それで？　と青が訊きました。

「会長さんがこの本を持ってきたってことはさ。会長さんはじいちゃんが五条辻家の蔵書を探していたっていうのを知ってたんだね？」

「おうよ」

　勘一が大きく頷きました。

「立場が違うからよ。何となく岩男と俺は敵対してるんじゃねぇかって見られてるがそんなことねぇよ。同じ古本屋同士敵対してどうすんだって話よ。ちょうどいい機会だから言っとくぜ。すずみちゃんもよく覚えておいてくれよ」

「はい」

「古書店〈岩書院〉社長であり、〈東京古本組合〉会長の大沼岩男はな、〈東京バンドワゴン〉の蔵ん中にどんなもんが入っているのかを知ってる男よ。そうしてな、秘密をずっと守っていてくれる奴よ。家が組合に入らない、入れねぇその理由もわかってて、ひっそりと見守り続けてきてくれたのよ」

「そうだったんですか」

　そうですね。岩男さんには何かとお世話になりました。

「今は組合も随分大きくなった。ネットワークってのがしっかりできてるからよ。こんな本が入ってきたとか、そういう情報は入りやすいよな」

「そうか、だから岩男さんがこの本を」

勘一が頷きます。

「あるところから見つかったものをな、岩男が内緒で持ってきてくれたのよ。この蔵書印の入った本が俺にとってどんだけ貴重なもんかを知ってるのは、あいつだけだ」

「どこから出て来たの？　この本は」

紺が訊きました。勘一はそのまま本を開き、挟んであった何かを取り出します。どうやら新聞記事の切り抜きですね。紺が手にしました。

「あ」

思わず声が出ました。

「そうか、この記事か」

何でしょう。読むと、M大学の戦前戦後の資料を集めた書庫から、貴重な古書類が新たに発見されたという記事でした。

「M大学で古い書庫って言えば」

「附属書誌学山端爾後研究所ですね！　通称〈山端文庫〉！」

すずみさんが嬉しそうに言います。藍子も、あぁ、と頷きました。二人の母校ですからね。

「そこでこれが見つかったのなら、サッちゃんのお父さんの私家版もここにある可能性が高いってことじゃないか」

かずみちゃんが言います。

「旦那さん、私、明日にでもすぐに電話してみます！」

「駄目なんだよ」

「何がですか？」

すずみさんと藍子と亜美さん、かずみちゃんは不思議そうな顔をしますが、紺と青は何かに思い当たったような顔をしました。勘一、それを見逃しませんでしたね。

「おめぇら、何か知ってんのか」

「いや、実は大分前に木島さんにさ」

「木島？」

そうでした。あれは春先のことでしたね。紺が木島さんが持ってきた話を皆に聞かせました。

「そこの書誌学やってる教授か誰だかが、〈東京バンドワゴン〉、堀田勘一には並々ならぬ恨みを持ってるって」

勘一は苦笑いします。

「まったくあいつの鼻は本当に利きやがる。そんな話まで仕込んでくるたぁな」

「本当なの？〈山端文庫〉の誰かにじいちゃんは恨まれてるって」

「あぁ」

本当だ、と勘一は頭をがしがしと掻きます。

「今の木島の話にもあったけどよ、書誌学やってる連中にとっちゃあうちの蔵はまさに〈宝蔵〉よ。その昔にな、噂を聞いてやってきた奴がいてよ。なんとか家の蔵にあるもの全部のリストを作らせてくれないか、そうして必要な本を買い取らせてくれないかって頑張った奴がいて」

「もちろん、無理だよね」

「無理だ。俺はそう言ったよ。家の蔵に眠ってるもんは、その昔に男たちが命を懸けてまで守ろうとしたもんばかりだ。俺の眼の黒いうちは決して目覚めさせねぇってな。そうしたらそいつよ、夜中に忍び込んで盗み出そうとしやがってよ」

「えっ！」

すずみさんがびっくりします。

「あぁあ、覚えてるよぉお」

黙ってオン・ザ・ロックを飲んでいた我南人が急に声を上げました。

「あのときの泥棒さんだろうぉ？　まだ藍子と紺が赤ちゃんの頃じゃないぃ？」

「おお、そうよ。俺がふんづかまえてよ。逃げ出そうとするからこっぴどくぶん殴ってツラぁ拝んだら、そいつでな」

勘一は大きく息を吐きました。

「まぁ相手は大学のお人だ。金目的じゃなくてあくまでも学問への情熱故《ゆえ》のこった。警察沙汰《ざた》にすることだけは勘弁してやったけどよ。俺もまだ若かったからな。つい捕まえる時に殴り過ぎちまってよ」

「あ！」

すずみさんと藍子が同時に声を上げて顔を見合わせました。

「まさか旦那さん、その人って、〈総入れ歯で鼻曲がり〉の醍醐《だいご》教授！」

勘一が、唇をへの字にしました。

「その通りよ」

そうでしたね。少々可哀相なことをしてしまったとわたしも思っていましたよ。

「そんなことがあったんだ」

藍子が驚きます。

「あの総入れ歯と曲がった鼻は、おじいちゃんに殴られたからだったのね」

「それは、まぁ、自業自得とはいえ恨まれてもしょうがないか」

青です。

「そんなわけでよ。五条辻家の蔵書がそこで見つかってもよ、ちょいと見せてもらって、サチの親父さんの私家版だけでも譲ってくれねぇかなんて頼めねえってこった。じゃあその代わりに蔵の中のものを、なんて言われかねねぇしな。岩男に頼んだとしても大学側はその本がどこに回るのかをきちんとしねぇと譲ったりはしてくれねぇからな」

「旦那さん、ひょっとしてそれだけじゃないんじゃないですか?」

すずみさんが言います。

「私の父の件もあるんじゃないですか? そこの文学部の教授だったから、ちょっとしたわだかまりもまだ」

あぁ、そうでした。藍子も頷きます。勘一がすずみさんと藍子を順番に見て笑います。

「そりゃあまた話が別ってもんよ。安心しな、そんなのはもう気にしてねぇからよ」

「それにしても」

かずみちゃんです。

「何ていう運命の皮肉かねぇ勘一。〈山端文庫〉の建物って元はと言えばあそこなんだろう? 私や勘一やサッちゃんがジャズ・バンドで演奏した」

「そうよ。冗談みてぇな人生の皮肉ってぇもんだよな。かつての男爵東集済様のお屋敷だってんだからな」

本当にそうですね。まさかこんなふうにして巡ってくるとは、思いもしませんでしたね。

「なるほどねぇえ、そんなことになっちゃってたのかぁ」

いつものように、こちらの気の抜けるような調子で我南人が言って、オン・ザ・ロックを飲み干しました。

三

いつもの堀田家の朝です。いちばん最初に起きてくるのはやはりかずみちゃんです。隣の〈藤島ハウス〉に部屋がありますから、そこを出て我が家の裏の玄関の鍵を開けて入ってきます。かずみちゃんが台所で支度を始めると、藍子や亜美さん、すずみさんに勘一と続々やってきます。

今日も勘一が新聞を取ってきて、どっかと腰を据えたところで電話が鳴りました。

「うん？」

まだ随分朝が早いですからね。こんな時間に誰だとばかりに勘一が出ました。

「はい、堀田でございますが。おう、花陽か」

あら、イギリスにいる花陽ですか。勘一の顔が綻んで壁に掛かった時計を見上げます。向こうは確かサマータイムの時期ですので時差が八時間。今は夜の十一時ぐらいですか。

「どうだ、元気か。おう、そうか。楽しいか。あんまりマードックの親父さんたちに我儘言うなよ。うんうん」

勘一が台所にいる皆に表情で大丈夫だ、元気そうだと言ってますね。

「で？　研人も元気か？　あ？　なに？　さっき帰ってきた？　どこから帰ってきたのよ。あ、外泊？」

花陽からの電話ということで台所にいる女性陣が耳をそばだてていたのですが、何ですか外泊って。皆が慌ててやってきて勘一の周りに集まります。

「研人が外泊って何だ。あ？　キース？」

亜美さんがキース？と小声で繰り返しました。キースさんというのはあれですね。我南人がワールドツアーに一緒に行った世界的なミュージシャンのことですよね。

「おう、わかった。要するにお泊まりしてきたってこったな。我南人の野郎にお礼の電話させろってな。わかったわかった。研人にあんまり調子に乗るなよって言っとけ。あぁ、藍子に代わるか？　うん？　後でなパソコンでな、わかった。よし、じゃあ気をつけろよ、帰ってくるのは明日だな？　おう、元気で帰ってこい。おう」

勘一がやれやれといった感じで頭を振りながら電話を切りました。

「研人が何かやらかしましたか？」

亜美さんです。勘一が苦笑いします。

「まったくあいつはますます我南人の後を追ってやがるな」

「どうしたんですか？」

すずみさんです。

「あの野郎、一人でロンドンのライブハウスに出掛けていきやがったんだってよ」

「一人で、ですか？」

亜美さんが眼を丸くしました。それは驚きですね。確かマードックさんのお家はロンドンから車で二時間ほどのところでしたよね。

「どうしても観たいバンドのライブがあって、自分で全部ネットで調べてバスで行ったんだとよ。それだけでも大したもんだけどよ。ライブが終わった後もうバスがないからってんで今度はキースに電話したらしい。今晩泊めてくれってよ」

「えええ!?」

亜美さんが後ろにのけ反りました。藍子もすずみさんも眼を丸くしましたよ。

「どうしてそんなことに？」

「なんでもキースってのは、ロンドンに家を買ったから遊びに来いって我南人に言ってたんだって？」

そう言えば以前に我南人がそんなこと言ってましたね。

「でも電話って、あの子英語なんか喋れないのに」

「それがよ、ほら、お互いに顔が見えるんだろ？　今のやつは」

「あ、はいはい」

「あれで顔を見せたら、キースの奴はすぐに我南人の孫だってわかったんだってよ。何度も写真見せられていたからってな」

そこまで研人はきっとわかっていたんでしょうね。ひょっとしたら我南人にそうしろと言われていたんじゃないでしょうか。

「まったくやってくれるぜ」

やれやれと言いながらも勘一の顔は笑ってますね。

「我南人の野郎に言っとけ。ちゃんとキースってのにお礼の電話しろってな」

皆も笑って頷きながら、台所に戻りました。たぶん我南人は全部把握してるんですよ。もうすぐ起きてくるでしょうから、訊けばわかるでしょう。お礼だけはきちんとしてほしいですね。

午後になりました。お風呂場の改修工事は順調に進んで、どうやら今夜からお風呂は使えそうですね。外から見る分には何も変わっていませんが、脱衣所の寒さを解消するために断熱材などを入れ、内側の壁はすっかりきれいになっています。これで今年の冬場は、かんなちゃん鈴花ちゃんが脱衣所で裸で騒いでも風邪を引かせる心配はしなくてよさそうですね。

我が家は皆が皆お風呂好きです。その昔は、家のお風呂と一日交代ですぐ近くにあった〈松の湯〉によくお邪魔していたのですよ。明日には帰ってくる花陽や研人やマードックさんも、日本のお風呂が恋しいのではないでしょうかね。

古本屋の電話が鳴りました。我が家には三本外線があってややこしいのですよね。この古本屋の電話がその昔からある電話回線なんです。

「はい、〈東京バンドワゴン〉です」

持ち込まれた古本の整理をしていたすずみさんが出ます。勘一はいつものように煙草を吹かしながら何やら古本を読んでいます。

「はい、少々お待ちいただけますか」

すずみさん、送話口を手で塞いで勘一に言います。

「旦那さん、〈岩書院〉の大沼社長です」

「うん？」

勘一の眼が細くなりました。岩男さんからですか。また〈山端文庫〉の件で何かありましたかね。

「おう、どうした。例の件かい。うん。何だって？」

勘一の声が急に大きくなりました。すずみさんも何事かと勘一を見ます。

「本当かよ。ちょいと待ってくれ。今、蔵を確認してくる」

蔵ですか？　勘一が受話器を口元から外して、家の中にいる紺を呼びました。

「おい！　紺！　青もいたら来い！　すずみちゃんよ！」

「はい！」

勘一が電話しながらメモをしていた紙を渡しました。

「すぐに三人で、これが蔵にあるかどうか確認してくれ。急いでな」

「わかりました！」

慌ててやってきた紺と青を連れて、すずみさんがメモを手に蔵に走ります。紺と青がメモに書かれた書名を見て驚いています。

「これが、どうしたんだ？」

言いながら蔵の中に駆け込みます。三人がそれぞれバラバラに散りました。この三人は蔵のどこに何があるのかがほとんど全部頭の中に入っていますからね。

「探せってことはここから盗まれたってことじゃないの？」

「まさか！」

「でも、大沼社長から電話が入って、旦那さんがこれをメモして急にだから、その可能性はあります！」

「ない」

会話をしながら本棚を探していますが、その手がほとんど同時に止まりました。

「どうしてだ？」

「ありませんお義兄さん」

紺が唇を噛みました。

「すずみちゃんとりあえずじいちゃんに言ってきて。全部ないって。何が起こったのか確認して。俺と青はもう一度探そう。俺たちが場所を勘違いしているかもしれない」

「了解」

すずみさんはもう蔵の外へ走り出して庭を横切り、居間を突っ切って古本屋に駆け込みます。

「旦那さん、ありません！」

勘一はまだ受話器を耳に当てていました。

「聞こえたかい。おう、そうだ。どうやらそうらしい。あぁ、済まんな。今夜だな？わかった。じゃ八時に」

岩男さんに詳しい事情を訊いていたのでしょう。それだけ言って、ボタンを押して電話を切りました。

「まさか、旦那さん」

「そのまさかよ。この五冊が〈岩書院〉に買い取ってくれと持ち込まれやがった」

古本屋を閉めた後、勘一とすずみさん、紺と青でもう一度蔵の中を探しました。今度は慌ててではなく、慎重にです。リストの五冊だけではなく、蔵のどこかに異常はないか、つまり誰かが忍び込んだ形跡がないかどうかです。

「特に異常はないね」

紺が言います。他の皆も一様に頷きました。もちろん鍵など壊されていませんし、壁をよじ登ったような跡もありません。

「蔵が開いている時間にそっと忍び込んだってこったな」

それ以外ありませんが、そもそも蔵の扉を開けているのは昼間の、しかも誰かが作業に入るときだけです。もちろん、その途中に休憩したり、トイレに行ったりしますので蔵に誰もいなくなることもありますが、それは、我が家の中にいなければ気づかないことです。

「ついこの間、虫干しをしたときに確かにこの本は全部あったよ。間違いない」

この四人は蔵の中を一日に何度となく見ます。どこかに何かいじって移動したような跡があればすぐにわかるはずです。それがないということは、盗みに入った人は相当慎重に持っていったのでしょう。

盗まれた古本は、明治四十年発行の黒柳生花『新春』、大正二年発行の徳田秋保『氷の柱』、昭和二年発行の藤川美保子歌集『からだ』、大正十年発行の『新世界探検小説集』、そして明治三十八年発行の夏目漱石『吾輩ハ猫デアル』初版本です。

一階に置いてある作業用のテーブルに皆がついていました。勘一が腕組みして渋面を作っています。

「〈岩書院〉は、いくらぐらいに値付けしたの？」

紺が訊きました。

「ざっと、四百万だな」

皆が頷きました。それぐらいになりますかね、おそらく我が家に持ち込まれたとしても同じぐらいでしょう。夏目漱石の初版本だけでも二百万、三百万はいきますからね。

皆がわかっていることなのですが、勘一が言い出さないのであえて訊こうとしません。岩男さんは、買い取りのお金を払う前に勘一に電話してきたのです。大金なのでお店に現金がない。今夜までに用意するから取りに来てくれと、本を持ち込んだ人に言ったのですよね。

つまり、岩男さんは我が家から本を盗んだ犯人を知っているのです。

それを、勘一は電話で聞いているのです。青が、言い難そうに口を開きました。

「素人だよね。盗んだのは」

「おう」

勘一も唇を歪《ゆが》めて答えます。紺が頷きました。

「夏目漱石の初版本を持ち込むなんてね。私はどこかから盗んできましたって言ってるようなもんだから」

すずみさんが、じっと眼を伏せています。

「今夜、八時だ。八時に〈岩書院〉に、本を持ち込んだ奴が金を受けとりに来る。そこに俺は行くけどよ」

勘一が、ふぅ、と溜息をつきました。

「すずみちゃんも、行くかい」

顔を上げました。紺と青が、やっぱりか、という顔をします。すずみさんもわかっていたのでしょう。唇を真っ直ぐに引き締めました。

「本を持ち込んだのは、私と同じぐらいの年齢の女性だったんですね？」

「おうよ」

「名前は、本名を使ったんですか？」

勘一が頷きます。

「本名だったな」

「行きます」

いろんな状況から判断するに、美登里さん以外、犯人は考えられませんでした。

＊

少し早めの晩ご飯にしました。

いつもは賑やかな食卓の我が家ですが、さすがに今日は少しばかり静かでした。蔵から本が盗まれて、しかも盗んだ犯人は、すずみさんの友達なのです。すずみさんは気丈にしていましたけど、皆が気を使っていました。何事にも自分のペースを崩さない我南人でさえ、さすがに今夜は変なことは言いませんでしたよ。

そんな中でも、やっぱり子供は天使ですね。場の空気を和ませてくれたのは鈴花ちゃんかんなちゃんです。二人の前で仏頂面や、しみったれた顔はできません。

すずみさんが〈岩書院〉に行くので、鈴花ちゃんを寝かしつけるのはお父さんである青に任せます。青は心配して一緒に行くかと訊いたのですが、すずみさんが大丈夫と言いました。

勘一とすずみさん、そしてやはり紺が一緒に行くことになりました。

「じゃあ後はよろしくな」

「あいよ」

玄関に向かう勘一に、かずみちゃんが応えました。もちろんわたしも一緒に行きますよ。すずみさんが心配ですからね。

皆が見送りに出て、玄関先で三人が靴を履いています。いつの間にか我南人の姿が見えませんがそれはまぁいいでしょう。

そこに、表からバタバタと足音が聞こえてきて、皆が顔を上げました。

紺が言ったときです。玄関のガラス戸に影が映り、ガラッと開きます。

「誰か来たね」

「今晩は！」

あらっ、コウさんです。お店の白衣のままで、妙に慌てていますよ。

「どしたいコウさん」

「あ！」

青が声を上げました。コウさん、〈はる〉さんから走ってきたのでしょう。息せききって、頷きます。勘一も気づいたようです。

「まさか！　おい」

「そうなんです！」

コウさんが、喜んでいるのか焦っているのかわからない表情を見せました。あぁ、後ろに池沢さんの姿もあります。お店を閉めてやってきたのですね。

「真奈美が、産気づきました。さっき、タクシーで産院に向かうとお義母さんから電話がありまして」

「そうか！　よし！」

勘一が急に元気になりました。

「いやしかし待てよ」

本当なら一緒に病院に駆けつけたいところでしょうが、そうはいきませんね。

「おじいちゃん、私が病院に一緒に行くから！」

藍子が言いました。そうするしかないでしょう。あぁどうしていつも我が家はこうバタバタしてしまうのでしょうね。

「じゃ、俺が車出すから！　コウさん一緒に行こう！」

青が家の中に取って返します。車のキーを取りに行ったのですね。

「すまねぇなあコウさん。俺も一緒に行きてぇんだが、どうしても外せねぇ用件があってな」

「いえ、大丈夫です。とにかくまずは勘一さんにお知らせしようと思って」

「真奈美ちゃんに伝えてくれよ。何はともあれ頑張れって！」

「わかりました」

さて、わたしも困りました。どちらも気になりますが、真奈美さんの産院も〈岩書院〉も両方知ってますから一瞬で行けますね。とりあえず勘一たちの方へ向かいましょうか。

四

神保町の〈三省堂書店〉さんのすぐ近くに、〈岩書院〉さんはあります。細長い店の奥に事務室があり、さらに細い階段を上ると二階に倉庫兼休憩室があるのです。時間より早めに来た勘一とすずみさんと紺が、そこでじっと待っていました。

下の事務室に美登里さんが現れたら、岩男さんがこの二階に案内してきてくれます。

「岩男はよ、全部任せるってよ」

椅子に座って、ずっと下を向いているすずみさんに勘一が言いました。

「盗品である以上、〈岩書院〉では買い取れねぇ。普通なら警察に通報するんだがな、今回ばかりは、俺に任せるっていうからよ、すずみちゃん」

「はい」

「俺は、すずみちゃんに任せるぜ。何をどうしようが、すずみちゃんの判断を俺は良しとする。紺もいいよな」

「いいよ」

「すずみちゃんも、それでいいな？」

「わかりました」

硬い表情ですずみさんは言います。それから、顔を上げて勘一を見ました。

「旦那さん」

「おう」

「済みません。そして、ありがとうございます」

「いいってことよ」

すずみさん、辛いでしょうね。親友なのですよね。どうすればいいのかまだ決めかねているのかもしれません。それでも、勘一と同じく、わたしもすずみさんならきっと大丈夫と思っていますよ。

まだ、八時には少し時間があります。美登里さんは来ませんかね。ちょいと産院の方を覗いてきましょうか。

＊

あぁ、いましたいました。

コウさんと義母の春美さん、池沢さん、藍子に青です。どうやらもう真奈美さんは分娩室《ぶんべんしつ》に入ったようですね。近くの待合室のソファで、五人とも座ってじっと待っています。

コウさん、どんなお気持ちでしょうね。大切なお嬢さんを以前に亡くしています。新しい人生を歩み出して、真奈美さんと一緒になって初めてのお子さんです。心配でしょうね。

「何か飲み物、買ってこようか？」

青が皆に訊きましたが、四人とも少し微笑んで首を横に振りました。池沢さんが、ほんの少し、何か躊躇うようにして向かい側に座る青を見ました。

「青さん」

「うん？」

青も優しい表情で池沢さんを見ます。実の母子であるこの二人。こうして見ると本当に青は池沢さんに似ているのですよ。

「私は、あなたが産まれるときに、我南人さんに来てもらったのですよ」

池沢さんが、静かに話し始めます。思わずコウさんも藍子も池沢さんを見つめました。

青が少し驚いた顔をします。

「親父に？」

こくり、と、池沢さん頷きます。

「あなたは、とても優しい子で、私は何の苦労もなく産むことができました。我南人さんが来てくれて、ものの何分も待たなかったの。我南人さん、言ってました。この子はきっと周りの皆を幸せにするよ、と。こんなに綺麗な顔をして、母親にも苦労をかけない。素晴らしい男の子になる、と言ってくれました」

青は、じっと池沢さんを見つめています。コウさんも藍子も思わず知らず背筋が伸びていました。

初めてですね。こんなお話を聞くのは。何せ我南人は何も言いませんでしたから。池沢さん、表情を曇らせます。

「ごめんなさい、コウさん。こんなときに、こんなお話」

「いいえ」

コウさんも微笑みます。

「むしろ、相応《ふさわ》しい場所じゃないでしょうか」

小さく頭を下げ、池沢さんはまた青を見ました。

「そのときの我南人さんの言葉を、今になって私は噛みしめています。あなたに、秋実さんに、堀田家の皆さんにご迷惑を掛けたのは紛れもなく私の我儘です。皆さんに罵倒《ばとう》されても、あなたになじられても殴られても仕方のないことをしてきた私なのに、今こうして私は、あなたの傍にいることを許されて、人生でいちばん幸福な瞬間に立ちあおうとしているの」

池沢さんの瞳が少し潤んでいます。

「我南人さんが言った通り、あなたは、私を幸せにしてくれました」

池沢さん、ゆっくりと青に向かって、頭を下げました。青は、じっと見つめています。どうするのでしょうかね、青は。何か言いますか。藍子がほんの少し不安げな表情をしました。

「池沢さん」

青に呼ばれて、顔を上げます。青は、優しい笑みを見せます。その笑顔もそっくりです。

「俺が母さんと呼ぶのは、呼べるのは、死んだ堀田秋実、ただ一人なんだ。池沢さんは確かに俺の産みの親なんだけど、いつまで経っても母さんとは呼べそうにない」

ゆっくり池沢さんは頷きます。

「でもさ、前から考えていて、お願いというか、提案というか、確認しようと思っていたことがあるんだ。今、訊いてもいいかな」

「何でしょう」

青が、姿勢を正しました。真っ直ぐに池沢さんを見て言いました。

「鈴花に、池沢さんをおばあちゃんって呼ばせていいかな」

まぁ、青。

池沢さん、本当に驚いて、眼を大きくしました。ややあって、そのいつまでも綺麗な瞳から、涙がこぼれてきます。思わず、口元に手をやります。

コウさんが大きく頷きました。藍子も、にっこり微笑みます。池沢さんはこぼれる涙をぬぐおうともしません。

「いいかな」

少し照れて、青がもう一度訊きます。池沢さん、言葉になりません。こくん、と小さく頷きました。

「ありがとう」

小さく、池沢さんの声が聞こえてきました。

「いや、ほら、鈴花はおじいちゃんはいるのにさ、おばあちゃんがいないからね」

照れ隠しにそんなふうに言ってしまうのは、誰に似たんでしょうか。でも、よく言いましたよ青。きっと勘一も我南人も喜びます。

あぁいけません。向こうはどうなりましたか。行ってみなければ。

＊

この場合は良いタイミングとは言い難いですが、ちょうど美登里さんが階段を上がってくるところでした。ドアを開け、そこに待っていたすずみさんを見て、美登里さん、立ち止まります。

「すずみ」

「美登里」

沈黙が流れます。美登里さんの後ろから上がってきた岩男さんも、紺も勘一も何も言いません。

美登里さんが、少し下を向き、淋しそうな笑顔を見せました。

「やっぱり、来たんだね」

「美登里」

「ごめんね」

「座って」

すずみさんが美登里さんの手を取り、ソファに座らせました。

「美登里、あんたわかっていたんでしょ？　こうやって私が来ることを。そうなんでしょ？　そうじゃなきゃ本名を使って本を売るはずないもの」

そうですよね。わたしもそう思っていました。確かに高額な本の場合は身分証明書の提示をお願いしますが、美登里さんが本気でお金を手に入れようとするなら、何としてでも別の身分証明書を用意するはずです。それぐらい、簡単に知恵が回るはずですよ。

勘一も紺も頷いています。

「それなのに、あんたわざわざ本名で売ろうとした。どうしてなの？　何があったの？　どうしてお金が必要なの？」

美登里さん、一度唇を噛んで、言います。

「私ね」

「うん」

「ソープで働いているの」

「え？」

まぁ。勘一も紺も、岩男さんも眼を丸くしました。

「池袋のね、ソープランド。借金があるんだ」

「借金って、どうして」

悲しげに微笑んで、美登里さんがすずみさんを見ました。

「言ったでしょ？　男でいろいろあったって。それは本当。その男のせいで作っちゃった借金なの。すずみや成美の前から姿を消したのは、その借金を返すのでソープで働くため。青年海外協力隊なんて嘘っぱち。すずみや、あなたのところの皆を安心させるための嘘」

「どうして？　どうして相談してくれなかったの？　何で今頃家から古本を盗もうなんて思ったの？　あんた知ってたじゃない、私が青ちゃんと結婚したの。古本屋の嫁だって知ってたじゃない。何で何年も経ってから盗みに来たの？」

美登里さんの瞳から涙がこぼれてきました。

「お客さんにね、聞いたんだ」

「お客さん？」

「その人、古本が好きなんだって。世間話していてそんな話になったのよ。そうしたら、すずみのことを思い出したの。ずっと忘れようって思っていたのに。迷惑を掛けないようにしよう、昔のことは忘れよう。そう思っていたのにすずみの顔が浮かんできて、会いたくなっちゃって」

美登里さん、どんどん涙が溢れてきます。

「そのお客さん、古本でも貴重なものはものすごく高いとかいろいろ話してて。そういうのを売ればこういうソープにも何回でも来られるのにとか冗談で話していて、そうしたら、すずみの家の蔵のことを思い出したの。あそこにはものすごい高価な古書も眠っているって。私、私、もうあんなことをするのがイヤでイヤで、あとどんだけ働かなきゃならないんだろうって」

美登里さん、涙が止まりませんね。ハンカチを取り出して顔を拭きます。すずみさんは、ずっと美登里さんの片手を握っていますよ。

「ごめんね、ごめんね」

美登里さんが言います。

「蔵の扉が開いてて、鈴花ちゃんとかんなちゃんは寝ていて、誰もいなくて、あぁ今なら盗めるって思っちゃって、売ればもう自由になれるのかなって。でも、ここに売りに来たけど、すずみの顔が浮かんできて、申し訳なくって、でも今さら返しにもいけなくて」

「それでかい」

勘一です。

「それで、本名を出したんだな？　きっと盗品だってバレる。バレたら、家にも連絡が行くはずだ。きっとすずみちゃんが来るはずだって考えたんだろうよ。美登里ちゃん、あんた本当は止めてもらいたかったんだろうよ。すずみちゃんにな」

美登里さん、勘一に向かって頷きます。

「ごめんなさい、すみません」

涙声で謝ります。勘一も紺も、大きく息を吐きました。すずみさんも涙目になっていますけど、じっと美登里さんを見つめています。

「旦那さん」

「おうよ」

「大沼さんにもお願いします。警察には届けないでください」

はっきりと、すずみさんは言いました。岩男さん、大きく頷きました。

「堀田さんがそれでいいなら、私は構いませんよ」

「旦那さん、いいですか？」

「いいぜ。すずみちゃんがそう言うならな」

うん、と大きく頷き、すずみさんは美登里さんの両肩を両手で摑《つか》みました。

「美登里、私の貯金をあげる」

「え？」

「違った、あげない。貸すの。今持ってきたの。三百万円あるから。借金がどれだけあるかわかんないけど、足りないかもしれないけど、これ使って」

すずみさんがバッグの中から封筒を取り出しました。確かに三百万円はある厚みです。

美登里さんは眼を丸くして驚いています。

「こんな、大金」

「いいの。これはお父さんが死んだときの保険金の残りなの。これ持ってお店に行って借金払ってきて。借金さえ払えば大丈夫なんでしょう？　辞められるんでしょう？　その後もう付きまとわれるようなことはないんでしょう？」

「でも、すずみ」

「教えて、お金さえ払えば美登里は自由になれるんでしょう？」

すずみさんの眼が真剣です。美登里さんは、小さく頷きました。

「大丈夫。これだけあれば、全部返せる。返せばもうなんでもない」

「じゃあ、使って」

「でも」

美登里さん、泣きながらすずみさんを見ています。

「私、このまま、どこかへ逃げちゃうかもしれないよ？　お金、貰って、返さないで、そのままかもしれないんだよ？　親友の、あんなに、仲が良かったのに、大好きだったのに、すずみのお家の本を盗むような女なんだよ？」

すずみさんが大きく頷いた後、ニコッと笑って言います。

「いいよ、逃げても。美登里が私から逃げるってことは、私はあんたに嫌われたってことでしょ？　友達に嫌われちゃったのならしょうがないもん。すっぱりあきらめる」

「すずみ」

美登里さん、涙が止まりませんね。人目も憚《はばか》らず、わんわん泣いています。すずみさんは微笑んで、瞳を潤ませたまま美登里さんの肩を抱きました。あぁ、勘一も上を向いて涙を堪えてますよ。涙脆《なみだもろ》い人ですからね。

「LOVEだねぇ」

突然大きな声が響いて、岩男さんが驚いて飛び上がりましたよ。すぐ後ろに我南人がすっくと立っているじゃありませんか。いつの間にやってきたんですかこの男は。

「お義父さん！」

「おめぇ」

勘一はまたかよ、と首を二度三度振りました。

「美登里ちゃんさぁあ」

「は、はい」

「すずみちゃんのぉ、大っきな LOVE に包まれたねぇ、良かったねぇ。そういうさぁ、大っきな大っきな LOVE に包まれるとさぁどうなるか知ってるぅ?」

訊かれて美登里さん、眼をぱちくりさせます。

「ごめん、なさい、わかりません」

「大っきな LOVE はぁ、とっても良い香りがするんだぁ。その香りにずっとずっと包まれてさぁあ香りが君の身体に染みついてぇ一生消えないよぉ。そうしてねぇ、君の中にある LOVE もぉお、周りにその香りを振りまくようになるんだよぉ」

相変わらずよくわからない理屈ですが、言いたいことはなんとなくわかります。

「大丈夫ぅ。君はぁ逃げたりしないねぇ。これからもぉ、何年何十年経ってもぉすずみちゃんの親友のままでいるよぉ間違いないねぇえ」

勘一がぼりぼりと頭を掻きながらも、頷いています。紺が苦笑します。岩男さんもあれですね。立場上渋い顔をしながらも何度も何度も眼を押さえています。

美登里さん、ハンカチで涙を拭いて、洟《はな》を啜《すす》り上げて、何度か息を吐きます。唇を嚙んで、頷いてすずみさんの顔を見ます。

「すずみ、借用書、書く」

「借用書？」

美登里さんは一生懸命に笑顔を作りました。

「このまま別れちゃったら、私、迷惑だけ掛ける本当にただのバカな女だもん。それぐらいきちんとしないと、悔しいもん」

「あんたそういうところ意地っ張りだよね」

二人が、笑います。勘一が紺を見ました。

「おい、紺」

「あいよ」

紺が鞄の中からファイルを取り出します。そんなものも持ってきていたんですか。相変わらず用意周到と言うか、察しがいいと言うか。我が家の判も押された借用書を取り出します。きっとある程度の現金も用意してきたのではないでしょうか。すずみさんが笑います。

「お義兄さん、さすがですね」

「親父と違ってこれぐらいしか出番がないんでね」

笑いながら、ペンも差し出します。

「ところで、岩男さんぅ」

我南人が急に岩男さんの肩をがしっと抱きました。いくらよく知っているとはいえ馴れ馴れしいですよ。

「はいはい。なんだい我南人くん」

我南人は勘一の顔を見てから、続けます。

「僕はぁ、違う用があって来たんだぁ。お願いがあってさぁ」

「お願い？　私にかい？」

「〈山端文庫〉にさぁあ、渡りをつけてくれないかなぁ。岩男さんならぁ簡単に出来るよねぇ。あそこにさぁ講堂があるよねぇ、広ーいところ」

何を話し出すのかと勘一も訝しげな顔をします。岩男さん、少し考えて頷きました。

「あるね。立派な講堂が。その昔、貴族のお屋敷だった頃はそこで派手なパーティとかも催されたという場所だけど」

「そこでさぁ、ライブをやりたいってぇ話してくれないかなぁ」

「ライブぅ？」

岩男さんと勘一が同時に声を上げました。

「僕がぁ、〈山端文庫〉のためにライブをやってぇ、入場料は全部〈山端文庫〉に寄付するんだぁ。もちろん僕もぉノーギャラねぇえ。その代わりにさぁ。見つかった五条辻家の蔵書からぁ一冊だけただで欲しい本があるってぇ伝えてほしいんだぁ」

「おめぇ」

勘一が慌てます。

「そんなこと」

「だーいじょうぶだってぇ。あそこの職員にだってきっと僕のファンはいてくれるよぉ。それに特別ゲストにぃ、キースも呼ぶよぉ。さっき研人のお礼を言いに電話したらぁ、日本に遊びに来がてらならやってくれるってさぁ。お客さん入るよぉ。ただでさえ予算がなくて苦しんでる〈山端文庫〉さん、これを断る手はないよねぇ」

勘一が何か言いかけましたが、途中で止めて頭をがしがしと掻きます。紺が笑って勘一の肩を叩きました。

「いい方法だと思うよじいちゃん。大丈夫だよきっと」

わたしの墓前に本をそなえるためにそこまでしてくれなくてもいいんですけどね。せっかくだから、ここは我南人に任せた方がいいんでしょう。

それに、少しわくわくするじゃありませんか。あそこの講堂ということは、わたしたちがジャズ・バンドとして立ったステージじゃありませんか。そこに我南人が立つだなんて、ねぇ。

勘一も諦めたように大きく息を吐いたときです。急に何かを思いついたのか、パチン！　と手を打ちました。

「いけねぇ！　忘れてたぜ！」

「なに」

「馬鹿野郎、真奈美ちゃんだよ！　もう産まれたんじゃねぇか!?」

「あっ！」

そうでした。紺もすずみさんも慌てたように立ち上がります。す

「おい紺、タクシー停めろ。岩さん済まねぇがまた後でな。すずみちゃんは美登里ちゃずみちゃんは美登里ちゃんについていってって、後からゆっくり帰って来な。おい我南人！」

「なぁにぃ」

「おめぇはすずみちゃんと美登里ちゃんの面倒見とけ！　一緒に行ってその借金とやらをきっちり清算してこい。向こうになめられるようならよ、新の字を応援に呼べ！　あいつならヤバイ連中相手でも何とかしてくれる！」

「わかったねぇえ。任せてぇえ」

＊

一足先にわたしは産院に来ました。

あら、まぁこちらはまさしくグッドタイミングと言っていいですね。看護師さんが産

まれたばかりの、白いおくるみにくるまった赤ちゃんを抱いて、コウさんに見せているじゃありませんか。

まぁまぁ、赤ちゃんは元気に声を上げています。目鼻立ちのしっかりした賢そうな男の子じゃありませんか。

コウさん、涙ぐんでいますね。池沢さんも、青も、藍子も嬉しそうにしています。

「真奈美」

ベッドに寝て、幸せそうに微笑む真奈美さんにコウさんが声を掛けました。真奈美さんも元気そうですね。時間から考えても随分と安産だったんじゃないでしょうか。

コウさん、真奈美さんの手を取ります。

「よくやった。よくやった。ありがとう」

涙ぐむコウさんに、真奈美さんがしっかりと頷いて、微笑みます。

「勘一さんは、まだかなぁ」

「きっと、今向かってるよ」

名前ですよね。済みませんねバタバタしてしまって。この場に勘一がいたなら、すぐに我が子の名前を呼べたのですよね。

「ちょっと、電話してくるね」

青が携帯電話を取り出して、病室を出ていきました。さっきタクシーに乗りましたから、きっと十分ぐらいで着くはずです。申し訳ないですけど、もう少しだけ待っていてくださいね。

それにしても、良かったですよ。また新しい命がひとつ。可愛い曾孫が一人増えたみたいで、嬉しいじゃありませんか。

＊

紺が仏間に入ってきました。お線香を立てて、おりんを、ちりん、と鳴らします。お話ができますかね。

「ばあちゃん」

「はい、お疲れさま。すずみさんはどうしてる。美登里さんは」

「あぁ、大丈夫だよ。親父の話では向こうも紳士的だったそうだし、借金さえきれいにできれば何てことはなかったみたい」

「そりゃあ良かったね。あれだよ、しばらくは美登里さんのことを気にしてやらないとね」

「わかってる。大丈夫」

「真奈美さんもね、良かったわね」

「うん、いやでもさ」

「なんだい」

「赤ちゃんの名前、真奈美さんの〈真〉とコウさんの幸光《ゆきみつ》の〈幸〉で真幸《まさゆき》って名前はすごくいい名前だと思うんだけどさ」

「そうだね、単純だけど、本当にいい名前ですよ」

「コウさんの名前、今回のことで初めて知ったよ。甲幸光って、全部コウって読めるんだよね。悪いけど皆で笑っちゃったよ」

「ずっとコウさんで通ってたからね。本人も言ってたじゃないか。小さい頃はよくからかわれたって。あれだよ、しばらくは真奈美さんも子育てで忙しいから、フォローしてあげなさいよ」

「うん。あれ？　終わりかな」

紺が頷いて、おりんを鳴らして手を合わせます。

また随分とバタバタしてしまいましたけど、何事もなくて良かったですよ。青と池沢さんの間にあった過去という名の距離も、また少し近づいたのではないでしょうか。

人は思い出という過去があるから生きていけると言いますよ。

どんなに辛い、忘れたいような過去でも、それを思い出にできるような未来に向かって歩いていく。そういう気持ちを持ち続けていなければならないとわたしは思います。そう信じて歩いていけば、きっと大丈夫ですよ。

秋　レディ・マドンナ

一

お隣の庭にあるハナミズキの木に、赤い実がたくさんなっています。風が日一日と冷たくなり、空はどんどん高くなって、秋の気配はこの町にも立ちこめています。

近所にあります銀杏《いちょう》並木も黄金色に染まって、道行く人の表情を穏やかにさせていま す。そろそろ冬支度になってきたコートやブルゾンも渋くも華やかな色合いが多くて、町全体が紅葉に包まれたみたいで楽しいですね。

夏の間は涼しいところを探して歩き回っていた我が家の猫たちも、もう皆が集まり暖かい居間の周りでごろごろしています。犬たちはまだまだ元気に、花を咲かせた庭のシロヨメナの辺りを駆け回って遊んでいます。

金木犀《きんもくせい》の香りは消えかかる頃でしょうか、そろそろご家庭では衣替えも終わった頃でしょう。我が家は商売をやっていますので、なかなか一気に片付けることができないのですよね。近頃は研人も自分の着る服にうるさくなってきまして、ほんの少し前の服を子供っぽいとかなんとか言い出します。まぁそういう年頃ですよね。

そういえば、この秋でかんなちゃん鈴花ちゃんが三歳になります。誕生日のお祝いはしっかりやるぞと勘一は随分前から言っています。

そしてさらに、二人の七五三のお祝いですね。我が家はそういった行事にことさらうるさいわけではありません。型通りのことはともかくとして、目出度いことがあれば皆でご飯を食べて賑やかに過ごそう、という実にシンプルな発想です。

幸いにも神社といえば祐円さんのところがありますからね。十一月には鈴花ちゃんかんなちゃんもおめかししてもらって、皆で神社に行けば良いでしょう。きっと可愛らしいですよ。


そんな秋の十月のある日。

相も変わらず堀田家の朝は賑やかです。

居間の座卓の上座には勘一がどっかと座り、その向かい側に我南人がいます。皆の間をぱたぱたと忙しくしながら、鈴花ちゃんかんなちゃんが箸やお茶碗を置いて回るのもいつもの通り。もう花陽や研人のお手伝いがなくても、しっかりできるようになりました。子供の成長は早いですよね。そしてまたいつものように、座る場所は二人が決めていきます。

「ここは、かよちゃんです」

「ここはあいこちゃん」

「こんちゃんは、ここできまりー」

「けんとにぃは、ここ！」

「あみちゃん、ここよ」

今日も二人でにこにこしながら、小さな手で並べていきます。

「まーどくさんは、ここです」

「すずみちゃんはここだよ！」

「ここに、かずみちゃんすわってね？」

「あおちゃんはこっちね」

今日も無事に席が決まったようですね。自分たちはそれぞれのお父さんの横に決めたようです。よくお父さんっ子、お母さんっ子などと言いますが、我が家は全員がいつも家にいますから、どちらかに片寄るというのはないみたいですね。そもそも鈴花ちゃんかんなちゃん、寝るときも誰の部屋でもすやすやと眠ってしまいますから、まぁ本当に助かります。

今日のご飯は茸《きのこ》の混ぜご飯、おみおつけは玉葱に人参にじゃがいもと具沢山です。千切り山芋の酢の物にだし巻き玉子、山くらげの炒め物に、胡麻豆腐に焼海苔、そしてひき割り納豆。わたしの好みとしては混ぜご飯に納豆はいらないんじゃないかと思いますが、それはまぁ好き好きですか。

皆揃ったところで「いただきます」です。

「来年はかんなちゃんも鈴花ちゃんも幼稚園だなぁおい」

「ぽこにゃん、こっちおいで」

「冬になる前にさ、あそこの板塀直しちゃおうか。すぐできると思うし」

「今日のライブにぃ、龍哉くんも来るからねぇ。くるみちゃんも光平くんも来ると思うよぉ」

「ひょっとしてオレ来年受験生？」

「ようちえん、ふたりでいくよ。ひなちゃんもいっしょに」

「おい、生姜取ってくれよ、あのチューブのやつ」

「あぁ、そうだな。今日天気いいし、やっちゃうか」

「幼稚園もいろいろ大変よねぇ」

「くるみちゃん、また早くから来て古本屋にずっといるんじゃない」

「ねぇ最近お味噌汁にネギ入る確率低いような気がするんだけど」

「ひなちゃんって、誰だい？」

「はい、旦那さん生姜です」

「ひょっとしなくても受験生よ。頑張ってね」

「ぼく、てつだえますよ」

「ほら、昭爾屋さんのところの茜《あかね》ちゃんの子供。同い年なのよ」

「くるみちゃんって、本当に龍哉さんの彼女じゃないのかしら。そんな気がするんだけど」

「私の参考書を全部あげるよ」

「あぁ、あのちょっと丸い子だね。同い年だったのかい。随分大きいけど」

「旦那さん！　どうして混ぜご飯にすりおろし生姜をかけるんですか！」

「なんだよ和のものに和のものだから別におかしかねぇだろうよ」

おかしいですよ。確かに合わないことはないでしょうけど、普通は混ぜご飯にすりおろした生姜はかけないでしょう。

それにしても、そうですね。誕生日が来れば鈴花ちゃんかんなちゃんは三歳。我が家はこんなにたくさん人がいますから、特に淋しいことはないですよね。いつも二人で一緒に遊んでいますから、年少さんから幼稚園に入れなくてもいいんじゃないかという話も出ました。

でも、やっぱりたくさんの近い年頃の子たちと遊ばせるというのは必要ですよね。昔みたいに外に出ればその辺にごろごろ子供たちがいる時代ではありません。いろんなことを経験するためにも幼稚園に通わせた方がいいと思いますよ。

親である紺や青は大変でしょうけど、子供のために苦労するのが親たるものの役目です。がんばってくださいね。

あら、電話が鳴りました。いちばん近くにいた亜美さんが受話器を取ります。

「はい、堀田です。あぁ、智子さん。おはようございます」

智子さんですか。電話が掛かってくるのは久しぶりですね。

「はい、いますよ。ちょっと待ってくださいね」

亜美さん、受話器を耳から外して我南人を見ます。

「お義父さん、今日は家にいます？」

「いるよぉお、ライブの練習してるからねぇえ」

「もしもし、ずっといるそうです。はい、はい、お待ちしています」

ボタンを押して電話を切ります。亜美さんが皆に言いました。

「智子さん、後で来られるそうですよ」

「我南人に用事か？」

亜美さん、ちょっと首を傾げます。

「そうなんでしょうかね。お昼ぐらいには顔を出すからと」

　埼玉にいる智子さん、何も用事はなくとも東京まで出て来たときには顔を出してくれますけど、何かありましたでしょうかね。

「秋実さんの十三回忌はまだ先だしなぁ」

「そうだねぇえ」

　時の流れるのは早いですね。我南人の妻であり、この家を支えてくれていた秋実さん。施設で育つという大変な境遇にもめげずに本当に明るくて気丈で、そして強い女性でした。藍子と紺と青が、立派な大人になってくれたのも全部秋実さんのお蔭ですよ。我南人は何にもしなかったですからね本当に。

　その秋実さんと姉妹のようにして施設で育った智子さん。親戚の少ない我が家においては文字通り身内のおばさんとして昔からよくしてくれましたよ。


　朝ご飯も終わり、カフェと古本屋を開けて、台所で後片づけが始まると花陽と研人が「いってきまーす」と学校に向かいます。以前は二人とも古本屋から走り出ていったものですが、近頃はきちんと裏の玄関から出ていきます。まぁ普通のご家庭ではそれが当たり前なのですけど。

　鈴花ちゃんかんなちゃんが「いってらっしゃーい」と見送ります。犬のサチとアキも玄関まで走ってきて一声「ワン！」と吠えて、お見送りします。

それにしても研人のあのふわふわのくるくる頭は校則に引っ掛からないものですかね。引っ掛かっても地毛なのでどうしようもないのですが。癖っ毛なのは実は紺もそうなのですが、あそこまでひどくはなかったですよ。

「あれ？　藤島さん」

研人の声が聞こえました。あら藤島さん来てたのですか？　ちょいと表に出ると、〈藤島ハウス〉の玄関先に確かに姿が見えます。

二人の声に藤島さんが笑顔で手を振りました。花陽と研人が小走りになって近寄ります。

「来てたの？」

花陽が訊きました。

「昨日の夜遅くね。もう朝方だったかな」

相変わらず忙しいのでしょうか。それではほとんど寝ていないでしょうけど、いつものように爽やかな笑顔です。

「来てたんなら、どうして朝ご飯食べに来なかったの」

「いやぁそんなにいつもいつもは悪いからね。それに少しでも寝ていたかったし」

これから会社に行く途中、どこかで何かを買って朝ご飯を済ますのでしょうか。確かに我が家に来て朝ご飯を食べるとそれだけで小一時間ぐらい潰れてしまいますからね。ギリギリまで寝ていたい気持ちはわかりますよ。

じゃあね、と研人が駅とは反対方向へ向かって、花陽と藤島さんは並んで駅に向かって歩き始めました。

なんでしょう、花陽の背がまた少し伸びたせいもあるでしょうし、高校生になって急に大人びてきたのもあるんでしょう。こうして並んで歩く二人を見るのは久しぶりですけど、随分と風情が似合ってきてしまいましたね。勘一が見たなら、またやきもきするところですよ。

二人は何やら楽しげに会話をしながら、駅に向かって歩いていきます。

「そういえば、藤島さん、ちょっと前だけど」

「なんだい」

「祐円さんがね、綺麗な女の人と銀座を歩いてる藤島さんを見たって」

藤島さん、少し首を傾げて考えました。

「あぁ、弥生《やよい》さんかな」

「弥生さん？」

初めて聞くお名前ですが、どなたでしょう。藤島さん苦笑いします。

「実は、義理の母なんだ」

「お母さん？」

「年がいもなく、父が若い奥さんを貰ってね。僕と五歳しか違わないんだよ」

「えー、そうなんだ」

そういえば藤島さんのご家族のことは、亡くなられたお姉さん以外はほとんど知りません。藤島さんもあまり話はしませんしね。お父様は連れ合いに先立たれたのでしょうか。

「弥生さんもすごく本好きな人だから、今度機会があったらお店に連れて行くよ」

「うん」

藤島さんは花陽のことは親戚の子供ぐらいにしか思っていないそうですし、花陽も、目標に向かって頑張ることで精一杯だとかこの間も言ってましたよね。わたしとしては恋に年齢差なんて関係ないとは思っていますから心配もしていないのです。これ以上ついていって二人の会話を聞くのは野暮ってものですね。

いってらっしゃい。今日もお仕事と勉強を頑張ってください。

お店に戻るともう祐円さんが来ていました。帳場の前に座り、コーヒーを飲みながら勘一と話しています。勘一はいつものように熱いお茶ですね。

「しかし秋になると熱燗《あつかん》が恋しくなるのはどうしてかね」

「寒くなるからに決まってんだろうがなに言ってんだよ」

　確かにそうですね。

「そういやぁ昨日の夜さ、〈はる〉さんに行ったら真奈美ちゃんが真幸連れて下りてきたんだよ。すっかり大きくなったな」

「おう、真幸な。もうちょぃで首も据わってくる頃か」

「キリッとした眼がよ、コウさんに似ててな。ありゃあいい男になるぜ。かんなちゃん鈴花ちゃんのどっちかにどうだい」

「姉さん女房かよ。まぁ年上の女房は金の草鞋《わらじ》を履いてでも探せってな」

「おお、そんな言葉もあったな。そういや堀田家には姉さん女房はいないね。こんだけカップルがいれば一組ぐらいいてもいいのにな」

　どうでもいいことですけど、確かにそうですね。紺と亜美さんは同い年ですけど。

「堀田家初の姉さん女房は誰になるかね」

「案外花陽かもしれねぇぞ。あいつは学校では姉御肌だっていうからな」

　どれほど先の話をしているんでしょうか。花陽はともかく、さすがに真幸ちゃんが結婚するような年齢になった頃にはあなたたちはいないと思いますよ。いえ、いても不思議ではないのですけどね。そうなったら御長寿として区から表彰でもされているかもしれません。

庭先では、紺と青とマードックさんが、傷んだ板塀の修理をしているようです。我が家の動物たちは皆、臆病らしく敷地内から外へ出るようなことはないんです。いちばん外出癖のあるベンジャミンにしても、近頃は我が家をぐるりと取り巻く板塀の上を歩くぐらいで、そこから先へ行こうとはしません。

でも、この界隈には猫が随分と多いのです。ひょいと板塀を乗り越えて入ってくるのもいれば、板塀の傷んだところを引っ掻いていつの間にか穴を開けて、そこから入ってくる猫もいるんですよ。身が軽いのですから乗り越えればいいのに、猫にもいろいろ個性があるのですよね。

「随分大きな穴になったたな」

本当に。まぁ土に接しているところはどうしても傷んで柔らかくなってきますからね。

「ただ、ふさぐだけでいいですかね」

「きちんと直すのは面倒だしね。きれいに切り取って打ち付けて終わりにしようか」

マードックさんはさすがに芸術家だけあって、手先が器用です。紺も青もそうですよ。小さい頃から古書の修理の手伝いや蔵の棚を日曜大工で作らされていましたからね。一家に何人も器用な男性がいると本当に便利です。

＊

もうすぐ十二時になろうかという頃。

カフェにはランチタイムで食事をするお客様が増えてきます。この辺りにも大通りに出ればビルの中に会社などはたくさんありますから、我が家の小さなカフェにもお昼ご飯を食べにたくさんの人が来てくれるのですよ。

さすがに混みあう中に鈴花ちゃんかんなちゃんがうろうろしていると危ないので、お昼前に二人は家の中に戻されます。

基本的には〈おふくろの味〉とでも言いますか、そういうメニューを、藍子と亜美さん、そしてマードックさんやかずみちゃんがフル回転でお出しして、忙しいランチタイムを乗り切ります。

からん、と、土鈴の音がしました。

「はい、こんにちはー」

聞き慣れた声が響きます。智子さんがいらっしゃいました。勘一がよぉ、と迎えます。

「いらっしゃい」

「お久しぶりー、勘一さん」

「相変わらず元気だね」

「それはこっちの台詞よぉ」

からからからからと智子さんが笑います。我が家には、気が強く竹を割ったような性格の女性がたくさんいますが、智子さんの豪快さや力強さには誰も適《かな》いませんね。小柄なのですが全身に快活さがあふれています。

「あぁ、どうもぉ」

居間にいて声を聞きつけたのでしょう。我南人が姿を見せました。

「我南人さん、元気？　具合どう？」

「全然なんともないねぇえ。元気だよぉ」

お蔭様で、定期的に通う検査でも何の異常もありません。

「ねぇ皆さんお昼ご飯まだなんでしょう？」

「まだだねぇ」

「豆ご飯作って持ってきたのよ。皆で食べましょうよ」

何はともあれと、智子さん、仏壇の前に座ります。

「秋実。来たよ」

おりんを鳴らして、手を合わせます。写真の中の秋実さんはずっと変わりません。二人は実の姉妹よりも仲が良いと思える程でしたよね。秋実さんが逝ってしまったときの智子さんの打ち拉《ひし》がれた姿は見ていて本当に痛々しかったのですよ。

ランチタイムで忙しい藍子と亜美さんとマードックさんとかずみちゃんは後からにし

て、その他の皆で居間で豆ご飯をいただくことにしました。

この時間の古本屋はほとんどお客さんは来ませんし、来たらすぐわかりますからね。すずみさんも一緒に食べることにします。智子さん、豆ご飯だけではなく、お重の中にはお煮染《にし》めにさわらの西京焼きに漬物と、ほとんど我が家では何も用意しなくていいだけのお料理を持ってきてくれましたよ。重かったでしょうね。

「いただきまーす」

「いただきまーす」

かんなちゃん鈴花ちゃんも揃って手を合わせてから、豆ご飯を頬張ります。

「随分張り切って作ってきたもんだな、おい」

「まぁね」

智子さん、にこっと笑って肩を竦《すく》めます。

「かんなちゃん鈴花ちゃん、たくさん食べるのよー。お豆は美容にもいいんだから」

「びよう？」

「キレイになるのよー、お母さんよりずっと」

けらけらと二人で笑います。おしとやかで愛嬌のある顔立ちの鈴花ちゃん、活発でお母さん譲りの整った顔立ちのかんなちゃん。髪質もそれぞれに個性が出て来て、さすがに双子に間違えられることはなくなりました。

「そういえば、ほら、〈はる〉さんところの真奈美ちゃん産まれたんだってね」

「産まれたねぇ。真幸ってぇ男の子だよぉ」

「あらいいじゃない。しばらく男の子の赤ちゃん見てないわぁ」

我が家も今のところ研人だけですからね。

「ところでどうだい、施設の方は」

「うーん」

食べながら智子さん、ちょっと首を捻ります。

「まぁ食べちゃいましょうよ。仕事の話をしながらのご飯は消化に悪いわ」

確かにそうですけど、何かあったのでしょうかね。勘一と我南人が顔を見合わせました。


お腹一杯食べて、智子さんとたくさんお話をしたかんなちゃん鈴花ちゃんは、マードックさんと青が〈藤島ハウス〉の部屋に連れて行きました。画家である藍子とマードックさんのアトリエには絵を描く道具がたくさんあって、しかも汚しても大丈夫ですから二人ともお気に入りですよね。服を汚さないようにと亜美さんとすずみさんがたくさん作ったスモックを着て、しばらくお絵描きで遊んでくれるでしょう。

すずみさんが淹《い》れてくれたお茶をずずっと勘一が啜ります。紺も我南人も、一緒に話を聞いています。

「それで？　何かあったのかい」

「実はね」

智子さん、済まなそうな顔をします。

「家を、閉めることになりそうなの」

「あ？」

「ええっ？」

「家って、施設をですか？」

こくん、と智子さん頷きます。

「もう、何年になるかしらね。あたしと秋実があそこに入ったのが三歳と五歳のときだから、かれこれ六十年？　あたしはずーっとそこに居たんだけどねぇ」

淋しそうに智子さん言います。

「それは、資金難ってことかい」

「そうね、それもある。とにかく老朽化が激しくて、今までも騙《だま》し騙しでやってきたんだけど誤魔化しが利かないぐらいになっちゃってね」

「でもぉ、市の補助とかもあるんだよねぇぇ」

我南人が言います。

「あるにはあるけどね。それは要件をきちんと満たしている場合に受けられるものであってさ。まぁそれがあったにしても、苦しいのよ、うちのところは」

秋実さんも育った施設。いえ、家ですよね。秋実さんは我南人と結婚してからも、ずっと自分が育ってきた家のことを心配して、支援してきました。我が家が児童養護施設に古本を寄贈したり、レンタルにして本棚を作り、毎月本を入れ替えたりというのを始めたのも秋実さんの提案だったのですよ。

決してお金にはならないものなんですが、施設で育ち、そこを巣立った子たちが、社会人になって我が家に古本を買いに来てくれることも何度もありました。我が家の本棚が施設にあったお蔭で本好きになったと言ってくれる人もたくさんいるのですよ。

「何とか持ちこたえたいと思って頑張ってきたんだけど、もちろん今だって、絶対に続けたい、死ぬまであそこで子供たちの面倒を見ていたいって思ってはいるんだけど、今いる子供たちに不自由を掛けてまで続けられないって思ってねぇ」

静かに智子さんは言います。勘一も、うむ、と頷きます。

「確かになぁ、子供たちのことをいちばんに考えるってのがあれだけどよ」

「でもぉ、閉めちゃったらぁ、今いる子供たちはどうなるんだいぃ？」

「それはもちろん、決まったらきちんとする」

近隣の同じような児童養護施設と連携して、正式に廃園が決まれば子供たちはそれぞれのところへ移るそうですけど。

「でも、皆、家族みたいなものなんですよね？」

すずみさんが訊きます。

「離ればなれになっちゃうんですか？」

「そうね」

智子さん、ちょっと目頭を押さえます。

「あたしもね、それがいちばん辛い。今、うちにいる子供たちは、皆あたしの子供だって思ってる。そのつもりでお世話をしてきた。皆も、そりゃあいろいろあるけれども、同じ境遇同士で頑張ろうって一生懸命やってる。そういう子供たちを離ればなれにさせちゃうのは本当に辛いんだけどね」

紺も、うーんと腕組みをして考え込みます。話は、単純ですね。お金がないんです。これぱっかりはどうにもなりません。

智子さん、我南人を見ます。

「まだもうちょっと先の話になるんだけどね。何とかこの秋、冬は乗り切って、春の新しいスタートの時期までは頑張ろうと思うんだけどさ。我南人さん」

「なんだいぃ」

「秋実の実家なんだからって、随分支援をしてくれました。こちらだって苦しいのにね、印税を寄付してくれたり、子供たちのためにライブをやってくれたり、お土産を買ってきてくれたりね」

「そんなことはぁ、何でもないねぇえ」

「本当に感謝してる。秋実は、死んじゃったけど、我南人さんと結婚できて本当に幸せ者だったよね。我南人さんにずっとずっと秋実の思い出を残しておいてあげたかったんだけど、ごめんね。本当に、済みません」

我南人に頭を下げて、それから勘一を見ました。

「勘一さんも、ごめんなさい」

「俺に謝らなくてもいいさ。それよりよ、智子ちゃん大丈夫なのかよ」

智子さん、ニコッと笑います。

「大丈夫よ。まだやらなきゃならないことはたくさんあるんだから。とにかく、いちばん先にお伝えしたかったのでね」

そうでしたか。さすがの勘一も我南人も、頷いて溜息をつくしかありませんでした。

「そうそう、あんまり湿っぽい話ばっかりになっちゃうのもなんだから、これ、この間、掃除をしていたら見つけてね、持ってきたの」

バッグの中から出したのは封筒ですね。そこから取り出したのは、写真です。随分古そうなものですよ。

あら、まぁ可愛らしい。

「こりゃあ、秋実さんの小さい頃か？」

勘一が嬉しそうに言います。

「そうなの。まさかこんな写真が残ってるなんてね。お嫁に行くときに全部持っていったはずなんだけど、まだ残っていて」

「随分と古い写真だねぇえ」

我南人も笑って見ています。写真の中で、元気そうに笑っている少女の頃の秋実さん、小学校の二年か三年か、それぐらいの年頃ですかね。

「秋実はぁ、小さい頃から全然顔が変わっていないよねぇ」

「まったくだな」

今はもう会えない秋実さん。それでも、こうしてわたしたちを結びつけてくれていますよね。いつかまた会いたいと思っているのですが、わたしが秋実さんのところにいけるのはいつなんでしょうね。

それにしても、秋実さんが過ごしたお家がなくなってしまうのは悲しいことです。どうにかできないものでしょうか。

二

ばたばたと慌ただしく午後が過ぎていき、あっという間に陽が落ちていきます。

秋の陽は釣瓶《つるべ》落としというのは本当です。きれいな夕焼け空は人の心にいろんなものを映していくような気がしますね。温かいもの、物悲しいもの、何もかもが詰まっているようです。

すずみさんが帳場に座って、かんなちゃん鈴花ちゃんがその後ろで絵本を読んでいます。いえ、まだ全部読めるというわけではないのですが、いわゆるひらがながたくさん書いてある絵本ですよ。

二人ともさすが古本屋の娘だけあって、本は大好きなのです。寝るときにも何か絵本を読んであげないと気が済みません。幸いにして絵本は文字通り売るほどありますからね。毎晩今日はどれを読もうかと迷うほどです。

「ママ、これなーに」

「これは、え、えんぴつの、え！」

「すずみちゃん、これは、ぞ！　ぞうさんのぞ！」

「はい、そうです。よくできましたー」

我が家にやって来た頃はまだ大学を卒業したばかりだったすずみさん。すっかり我が家の看板娘に、そしてお母さんの顔になって随分経ちます。すずみさんの底抜けの明るさのお蔭で随分我が家は助かってますよね。もちろん、その並々ならぬ古本への情熱で、古本屋としても。勘一などはいつ倒れてもすずみさんがいれば大丈夫だと言ってるぐらいですから。

その勘一は縁側に座り、ガラス戸を少し開けて、徐々に夕焼けの色に染まっていく庭を眺めながら煙草を吹かしていました。紫煙がゆっくりとガラス戸の隙間から外へ流れていきます。

休憩でしょうかね。それとも、智子さんの施設のことを考えているのでしょうか。考えてもどうにもならないってことは、確かにあるのですけど。

からり、と裏の玄関の開く音がしました。

「今晩は」

男の方の声がしました。勘一の場所から玄関が真っ直ぐに見えます。

「よぉ、いらっしゃい」

煙草を消して立ち上がりました。いらしたのは葉山の光平さんですね。龍哉さんと一緒に住んでいるお役人の方。今夜は龍哉さんのライブがありますけど、先に一人で来られたのでしょうか。

「済みません、まだ早いのに」

「別に早い分には良いだろうさ」

勘一が笑います。

「仕事が終わったのかい？　あんたは仕事場が東京だから、まっすぐこっちに来られるもんな」

龍哉さんは葉山から、くるみさんは川崎からですものね。それにしても今日は平日ですよね。まだ仕事が終わるにしては早過ぎますけど。光平さん、お茶を一口飲み、何か考えているふうです。

「実は、堀田さん」

「おう」

「今度、アメリカに赴任することが決まったんです」

海外赴任ですか。農林水産省のお役人なのですから、珍しいことではないのでしょうね。

「そりゃあ目出度い、とかいう話でもねぇのかな？」

「そうですね」

光平さん、少し微笑みます。

「別に栄転とかそういうことではないです。もうただ単にしばらくの間、仕事場がアメリカになるというだけで」

「まぁそれでも、新しい環境で仕事ができるってのは、気分も変わっていいんじゃねぇのか」

「僕は確かにそうなんですけど」

「けど？」

勘一が訝しげな顔をします。光平さん、ひとつ頷きました。

「あの家で、龍哉とくるみが二人になってしまうんです」

「そういうこったな」

「それで、くるみがあの家を出ると言い出して、そして、あの書庫の本を全部こちらに売ると今日にでも言ってくると思うんです」

まぁ、それはどういうことでしょう。勘一も首を傾げます。それから天井を見つめて少し考えてから言います。

「待ってくれよ。それはひょっとしてあれかい。三人で暮らしていたからこそ、実はあんたらの関係は成り立っていた。そしてあんたが抜けることでその関係が崩れてしまう。だから、くるみちゃんはあの家を出て、あのものすごい量の蔵書を置ける場所なんかないから、我が家に売っ払うと」

「そういうことです」

むぅ、と勘一唸ります。

「くるみちゃんは、龍哉くんに惚れてんのかい」

「そうです」

「惚れてんのに、そのまま一緒に住めないって言い出すってこたぁ、それ相応の理由があるんだな？」

光平さん、深く頷きます。

「その理由は、僕の口からは言えません。でも、僕はあの二人に、一緒にいてほしいんです。いや、いなきゃならないと思ってるんです。お互いに好きなんですよ。でも、触れてはいけない、触れられない事情があるんです。あの二人は、簡単に言ってしまうと意地っ張りなんですが、その意地の向こう側には」

「おいそれとは口にできない、とてつもなく深い、言ってみりゃあ男と女の事情があるってことだな」

光平さん、はっとした顔をして、大きく頷きます。

「そうなんです。わかりますか？」

勘一が、へっ、と笑います。

「わからいでか。何年人間やってると思うんだ。あの二人の様子を見てりゃあ知れてくるぜ。あんたら三人のな、真ん中に立ってるのが光平くんよ、あんたなんだ。龍哉くんとくるみちゃんは、端と端だ。それも、常にお前さんを間に入れよう入れようとして、くるくるお前さんの周りを回ってるようなもんだ」

「そうなんです！」

光平さんが、力強く頷きます。勘一は、唇をへの字にしました。

「だけど、その理由にはさっぱり思い当たらないがな。好きならさっさとくっついちまえってもんなんだけどよ」

「それが」

光平さん、頭を垂れます。余程の理由があるのでしょうか。勘一ががしがしと頭を掻きます。

「前によ、龍哉くんが、あの別荘にはお袋さんの思い出がたくさん詰まってるとかよ、顔に似あわねぇロマンチックなことを言ってたけどよ。それもひょっとして関係してるのか」

あぁ！　と光平さん、頷きます。

「それも、僕の口から細かくは言えませんが、そうです。大いに関係しています」

ふぅむ、と勘一は顎を撫でて続けます。

「それを一人で言いに来たってことはよ、光平くん。アメリカに行く前に二人をくっつけたいってことか。何とかならねぇもんかと」

「そうなんです。あの二人、くるみがあの家を出たら、たぶんそれっきりです」

「あんたも、説得できないってこったな？」

こくん、と光平さん頷きました。

「我南人もその事情は知らねぇのか。あいつは龍哉くんと昔っからの付き合いだろ」

「ひょっとしたら、龍哉の方の事情は聞いているかもしれませんけど、くるみの事情は知らないはずです。龍哉は、僕もですけど、絶対他人には言いませんから」

むぅ、と勘一腕を組んで考えます。

「まぁ、話はわかった」

光平さんに向かってにっこり笑います。

「何にもできねぇかもしれねぇけどよ。まんざら縁がないわけでもねぇ。ましてやあんたたちには淑子が世話になったんだ。俺にできることがあったらさせてもらうぜ」

「ありがとうございます！」

「まぁまずは」

勘一が古本屋の方を見ます。

「今晩、くるみちゃんがやってきてよ、本を全部売りたいって言い出したら、あれこれ事情を訊いてみるさ」

＊

いつものように、晩ご飯が終わった後にはライブの準備です。相変わらず研人が先頭になって、会場の設営を行います。もうすっかり慣れたもので、このままライブハウスの経営でもできるんじゃないかと冗談を言っています。

今夜のライブは我南人と龍哉さんの二人です。もうカフェの外には開場を待っている人たちが並んでいます。ありがたいことですね。

くるみさんも、先程やってきて、また古本屋をうろうろしています。本当に本が大好きなのですよね。

本好きには二種類いるとはよく言われることです。物語が大好きで、読めればそれでいい、というタイプと、本そのものも大好きだというタイプ。

くるみさんはその両方ですね。わたしも一度、葉山のお家のくるみさんの書庫に入ってみましたが、それはもう、プロである我が家の棚に匹敵するぐらい整理整頓された見事な棚でした。大切な本を傷めないように、きちんと保管しているのがよく伝わってきましたから。

もう古本屋を閉めた勘一は、居間で煙草を吹かしています。かんなちゃん鈴花ちゃんは〈藤島ハウス〉にすずみさんと一緒にいます。藍子と亜美さんマードックさんはカフェのドリンクと一品料理の準備。会場の設営が済んだ紺と青が座卓について、パソコンをいじっています。花陽と研人はもう会場に陣取ってますね。

かずみちゃんが台所から出てきて、古本屋をうろうろしているくるみさんに声を掛けました。

「くるみちゃん」

「はい！」

「美味しい紅茶を淹れたんだけど、いかが？」

くるみさん、にっこりと愛嬌たっぷりに微笑みます。

「ありがとうございます」

かずみちゃんが淹れたのは、アールグレイですね。イギリス好きのお義父さんの影響で、昔からかずみちゃんはこの紅茶が好きでした。

勘一はあまり紅茶は飲まないのですが、今日は何も言わずに一緒に飲んでいます。

「あの、堀田さん」

「ほいよ」

くるみさんが話しかけます。

「もしもですね、もしもなんですけど」

「なんだい」

「私のあの部屋の本ですけど、全部売りたいってなると、引き取ってもらえますか？」

紺と青が、ん？　という表情をしてくるみさんを見ます。

「そりゃあまぁ、喜んで引き取らせてもらうぜ。俺も前に見せてもらったけど、随分と貴重な本もあったしな」

「保存の仕方も完璧だったよね」

紺です。続けて青が訊きました。

「そんな予定があるの？」

「いえ、あの、もしかしたら、なんですけど」

くるみさん、ちょっと慌てたように言います。

「ほら、あの家、私は自分の家のように使ってますけどあくまでも間借り人なので。いざというときには出なきゃならないんですよね。そうなると」

「あれだけの本を置いとけるアパートやマンションは、そうそう簡単には見つからねぇよなぁそりゃあ。見つかったにしてもとんでもねぇ家賃になっちまう」

勘一が言います。

「そうなんですよ。だから、そのときは、堀田さんのところみたいにしっかりとした古本屋さんに売りたいなって思って」

ふむ、と勘一が頷きます。

「くるみちゃんよ」

「はい」

「まぁ余計なことかも知れねぇけどよ。龍哉くんのあの別荘にずっといるってぇ予定はないのかい。つまり、龍哉くんと結婚してそのまま自分の家にしちゃうって可能性はねぇのかなって思ってな。そうなりゃ、あの本も売らなくて済むだろうよ」

かずみちゃんも紺も青も、うんうん、と頷いてますね。これは打ち合わせ済みではありませんね。光平さんの話は勘一しか聞いていませんでしたし、その後誰かに相談してもいませんでしたから。だから、皆はあくまでも自然にそう思っていたということです。

くるみさん、慌てて手をひらひらさせます。

「そんな予定はない、です」

ちょっとだけ口籠《くちご》もりましたね。

「でもさ」

青です。

「変な意味じゃなくて、別にそうなってもおかしくないんでしょう？　嫌いで一緒に住んでるはずはないんだからさ。まぁ実は恋のお相手が光平くんだっていうんならどうしようもないけど」

「いえいえ、光平もとんでもないです」

くるみさん、今度はけらけらと笑います。その反応でもう皆にわかってしまいますよね。くるみさん、なかなかわかりやすい女の子です。

勘一は、微笑みながらくるみさんに言います。

「この間よ、龍哉くんに聞いたんだよな。あの家はさ、お母さんとの大切な思い出の家だってな。親父さんとお母さんとの関係も、まぁ聞かせてもらったんだ」

「はい」

くるみさんももちろん知っているのでしょう。

「これはまぁ、俺の勘なんだけどよ。龍哉くんはよ、あの家についてはちょいと過剰なぐらい思い入れがあるんじゃねぇのかい。マザコンたぁ悪い表現に聞こえるけどよ。それこそ、これはあくまでも喩《たと》え話《ばなし》だぜ？　くるみちゃんと龍哉くんが結婚してあそこを二人の愛の巣にするにしては、障害になるぐらいのよ」

くるみさんの表情が変わりました。少し俯《うつむ》きます。

「喩え話ですよね」

「おう、そうよ」

小さく息を吐きました。

「そうですね。そういう喩え話なら、そうかもしれませんね」

明るく冗談めかして言いましたけど、全然そうは聞こえませんでしたね。

ライブが始まりました。くるみさんもカフェに行って聴いています。居間に残った勘一と紺と青が話しています。

「さっきのあれって、どういうこと？」

紺が訊きます。勘一が、うむ、と頷いて、光平さんに頼まれた話を紺と青に聞かせます。なるほどさっきの話はそういうことだったのかと、二人が納得しました。

「それはまた、随分ややこしい話だね」

青が言います。

「まぁよぉ、所詮《しょせん》男と女のことなんてぇなぁ、当人同士がその気にならなけりゃあどうにもならねぇんだけどよ」

「でもさ」

紺です。

「まだよくわからないけど、仮に龍哉くんとくるみちゃんがその気になったとしても、というか、あの家に住んでいる以上はどうにもならないってことじゃないのかなぁ」

勘一も頷きました。

「想像すると、そういうこったな。おそらく龍哉くんの方はそんなこととこれっぽっちも考えていねぇか気づいていないんだろうさ。くるみちゃんがそんなことをあれこれ考えているなんてな」

「くるみちゃんにしてみれば、八方塞がりってこと？　光平くんがいなくなる、二人きりになる、でもこのままの関係で二人きりになんてなれない、ましてやこの家でそんな関係になんかなれない、ってことで」

青が言うと、勘一も紺も少し考え込んで、頷きます。

「そういうこったな」

「これは、やっかいだね。じいちゃんにしたって八方塞がりじゃないか」

どうもそのようですね。

三

かんなちゃん鈴花ちゃんのお誕生日のお祝いも、いつものように皆で揃って賑やかに済ませて、十月もいよいよ終わろうかという頃です。

いくつかの心配事を抱えながらも日々は過ぎていきます。それは別に堀田家に限ったことではありませんね。秋は人恋しい季節なんて言いますが、冬に移る前の薄ら寒い空気がそう思わせるのかもしれません。

日曜日なので、花陽も研人も家にいます。花陽は高校での部活動は美術部です。中学からずっとやっていましたし、医大受験のための塾に支障があるほど活動があるわけではありません。むしろ、勉強の合間にカンバスに向かって絵筆を振るうことがちょうどよい気分転換になっているようですよ。

研人は相も変わらずギター三昧。あれですね、わたしたちは我南人で慣れていますからなんとも思いませんが、初めてのお子さんがあんなふうに音楽に夢中になると親御さんは本当に心配になるかもしれませんね。

カフェには藍子とかずみちゃん。亜美さんすずみさんの二人は、かんなちゃん鈴花ちゃんのお相手をしています。マードックさんは自分のアトリエでお仕事ですね。我南人はさっきいたはずですから、自分の部屋で研人にギターでも教えているのかもしれません。紺と青は、いつものようにノートパソコンに向かって仕事をしています。

午後の二時を回った頃、古本屋の戸が開いて、素敵なコートを着た藤島さんが入ってきました。

「こんにちは」

「まいど」

藤島さんに関してはもうお客という感じがしませんね。わたしからすると、巣立った息子がときどき家に帰ってくるような感覚になってしまいました。

「何だか急に風が冷たくなってきましたよ」

「そうさな。隙間風が寒くてしょうがねぇや」

丈夫なつくりの家ではありますが、古さから来るゆがみや隙間はどうしようもありませんからね。

「今日はゆっくりしていけるのかい」

近頃は忙しいらしく、なかなか古本を選んでもいられませんでしたよね。

「そうですね。久しぶりにそうするつもりです」

「じゃあ、ついでに晩飯でも食ってけよ。何せよ、かんなと鈴花がふじしまんが来ないって怒ってるからよ」

藤島さん、嬉しそうに微笑みます。

「じゃあ、そうさせてもらいます。僕は堀田家の女性にモテちゃって困りますね」

「うるせぇよ。肝心の藍子にはフラれやがったくせに」

「人生そんなもんでしょう」

勘一も笑います。

「ちげぇねえな」

その藍子が声を聞きつけたのか、カフェの方から顔を出します。

「いらっしゃい。コーヒーでいい？」

「済みません、お願いします」

そういう受け答えも、もう何か空気のようになってしまっていますよね。勘一と藤島さん、顔を見合わせて互いに苦笑いします。

そこに、また土鈴が鳴って戸が開きました。

「いらっしゃい」

見ると、男性がお二人で一人は外国人のお客様ですね。特に珍しいわけでもありません。この辺は意外と外国人の居住者は多いのですよ。古い家が多いので家賃が安いせいもあるでしょうし、日本に興味のある外国の方は、古めかしいものを好む傾向がありますからね。

スーツを着こなしたその外国人のお客様、棚を見ずにまっすぐに帳場の方にやってきました。

「すみません」

日本語ですね。マードックさんと同じぐらい発音がきれいですよ。

「はいよ。いらっしゃい」

「ほったかんいちさんですね？」

あら、勘一を訪ねてきたのでしょうか。勘一が頷きます。椅子に座っていた藤島さんが気を利かせて立ち上がります。

「確かに、店主の堀田勘一でございますが、どちらさんで」

「ごぶさたしています。わたし、いぜんにおあいした、べんごしのRobertですが」

「おっ！」

あぁ、そうでした。去年の冬、淑子さんの病院でお会いしましたね。事情を知っている藤島さんも小さく頷きました。

「こりゃあ、うっかりしていました」

勘一、正座して背筋を伸ばします。

「淑子の件ではお世話になりやした」

頭を下げます。ロバートさんも、ゆっくりとお辞儀をしました。

「とんでもないです。こちらこそ、ほったさんにはなんにもできずに、しつれいしました」

確かあのときにロバートさん、日本には長くいらっしゃると仰っていましたね。マードックさんと同じように、こちらの習慣も全部わかっているとか。立ち居振る舞いがそうですものね。

「あれから、いちどもれんらくもなしで、すみませんでした」

「いやいやぁ、こちらこそってもんで」

ロバートさん、ちらりと奥の方を見ます。

「じつは、きょうは、おはなしがあってまいりました。すこし、おじかんいただいて、よろしいでしょうか」

古本屋をすずみさんに任せて、勘一はお二人を居間にお連れしました。一緒に来られたのは同じ弁護士さんで野坂さんだそうです。鈴花ちゃんかんなちゃんは藍子が〈藤島ハウス〉のアトリエに連れて行きました。座卓には紺と青もそのまついています。

亜美さんがカフェからコーヒーを持ってきます。ロバートさん、ありがとうございますと一礼した後に、いつも襖《ふすま》を開けっ放しにしている仏間の方を見て言います。

「あの、おはなしのまえに、おせんこうあげさせてもらって、よろしいでしょうか」

「おぉ、こりゃあすみませんね。どうぞ」

ロバートさん、本当に日本に長いのですね。仏壇の前に座り、お線香を上げて、手を合わせてくれました。

「このかたは、かんいちさんのおくさまですか」

わたしの写真を見て訊きます。

「そうですな。もう何年ですかね。十年は経ってませんが」

「きれいなかただったのですね」

まぁありがとうございます。お世辞でも嬉しいですよ。でもそこに飾る写真はどうせならもう少し若い頃のものにしてほしいといつも思うのですが。

居間に戻ってきて、ロバートさんきちんと正座します。珍しいですよねこんなに正座が上手な外国人の方も。マードックさんだって正座は苦手ですよ。

「それで、お話ってのはなんですかね」

「はい、まずは、こちらを」

野坂さんが持ってきたアタッシュケースを開けて、何やらファイルを取り出しました。

「America のよしこさんの、むすこさんからあずかってきました。おてがみと、よしこさんの America にいたときの、しゃしんです」

まぁ、そうなんですか。勘一も紺も青も思わず覗き込みます。アメリカの抜けるような青空の下、淑子さんの元気な頃の姿が写っています。いい笑顔ですね。

「こりゃあ、ありがたいもんをいただいた」

勘一は、思わず写真を両手で掲げて、頭を下げます。紺と青が他にも数枚ある写真を見て、喜んでいますよ。

「やっぱりひいばぁちゃんに似てるね」

あぁそうかもしれませんね。わたしにとっては、お義母さんです。確かにこうして見ると、淑子さん、若いときの方がお義母さんに似てますね。

「手紙もあるってぇことは、あちらさんの住所も教えてくれるのかい」

「もちろんです」

「じゃあ、後でお礼の手紙を書かねぇとな」

ロバートさん、微笑んで頷きました。

「むすこさんも、よろこぶとおもいます。おはなししていませんでしたが、もちろん、Americaのよしこさんのかぞくは、かんいちさんのことをきらっているわけではありません。むしろ、もうしわけないことをしたとおもっています。けっこんとうじのじじょうは、ちゃんときかされていたのです」

「そうかい、ありがたいね」

ロバートさん、続けて書類を出しました。

「それで、これがこんかい、おうかがいした、おおきなりゆうなのですが」

「なんだい」

「よしこさんは、あのはやまのべっそうを、かんいちさんにのこされました。これが、にほんでのすべてのけんりしょになります。ほうてきにも、なんのもんだいもなくなっています」

「何だって？」

紺も青も口を開けて驚いていますよ。

「じかんがかかってしまって、すみませんでした。むこうでのほうてきなものがちょっとてまどったもので」

淑子さんの遺産ということになるのでしょうか。紺が言います。

「そうなると、遺産相続という形になるのですか？　だとしたらこっちの税金とか」

「いいえ」

ロバートさんは、首を横に振りました。

「たしかに、こていしさんぜいはこんごかかってきますけど、じつは、あそこはさいしょから、ほったかんいちさんめいぎのものになっていたのです」

まぁ、そうだったのですか。勘一は眼を丸くした後に、首を二度三度横に振りました。

「淑子の野郎、そうならそうと最初っから言っとけばいいものを」

ロバートさん、にっこりと微笑みます。

「きっと、かんいちさんならわらってうけとってくれるはず、と、よしこさんはせいぜんいっていました。うけとってもらえないと、わたしもこまります」

書類を、つい、と座卓の上に滑らせます。勘一がそれを眺めました。

「淑子の、思いか」

「そうだね、じいちゃん」

青が言います。

「ありがとよって、受け取っておくものか」

紺が頷きます。

「それでいいんじゃないかな」

勘一も頷いて、ロバートさんに頭を下げました。

「わざわざ、済まなかったね。こいつはありがたく頂戴《ちょうだい》しますよ」

＊

「なるほど、そういうことでしたか」

居間に上がってもらった藤島さんに、葉山の別荘が勘一のものになったという話をしました。我南人も二階から下りてきて、話を聞いていました。

時刻は六時半を回った頃。女性陣が晩ご飯の支度を始めています。マードックさんもアトリエから戻ってきて、台所で手際よく動いていますよ。

「じゃあこれからあれですね。夏は自分の別荘で海水浴ができるということになりますね」

藤島さんが言うと、じっと書類を見ていた勘一が首を横に振りました。

「いや、済まねぇけどよ、当分夏の海水浴は三鷹んところの保養施設や脇坂さんの親戚んところにお邪魔するぜ」

「え？」

藤島さん、きょとんとします。

「何故ですか?」

「何故ってよぉ、俺らが別荘って柄かよ。そんなお大尽《だいじん》だったのはじいさんの堀田達吉だけよ。親父の代からこちとら庶民になって、慎ましやかに暮らしてきたんだからよ」

「え、じゃあどうするの? 別荘」

青が訊きます。勘一はにやりと笑いました。

「おい、我南人」

「なぁにぃ」

「龍哉くんたちによ、悪いけど、そうだな明後日の夜にでも家まで来てくれねぇかって連絡しろ。あと、智子ちゃんにもよ。そう伝えてくれ」

龍哉さんたちと、智子さんですか? 我南人が首を傾げます。

「それから、おーい、藍子よ」

「はーい」

呼ばれた藍子が台所から走ってきました。

「なんですか」

「あの、おめぇの同級生のよ、不動産屋の三石に電話してくれや。頼みてぇことがあるってな。申し訳ないが明日すぐにでも来てくれって」

「三石くん? いいけど」

あの藍子にフラれた三石さんですか？　我南人が、くい、と首を傾げた後、にっこり微笑みました。

「あぁあ、なるほどねぇえ」

何がなるほどなんでしょうか。

「一石二鳥かぃい？　親父もさすがだねぇ」

「俺の手柄じゃねぇよ馬鹿野郎」

笑って、仏間の仏壇の方を見ました。

「きっと、淑子がよ、天国から贈りもんしてくれたんだろうぜ。いや案外、親父が天国で見ていてよ、絵を描いたのかもな」

わたしにもわかりました。そうですね、お義父さんならこういうことをやり兼ねないですね。紺も青も察しがついたようですが、話が見えていない藤島さんが首を捻っています。

「まぁ飯でも食いながら、説明するさ。皆にもちゃんと説明しないとな。せっかくの淑子の贈りもんを売っ払っちまうんだからさ」

＊

夜に皆さんに集まってもらうのですから、晩ご飯の用意もしなければなりません。何せ人数が多くなってしまうので、ここは手っ取り早く堀田家の全年齢対応型水炊きで済ませることにしました。

シンプルな水炊きを、小鉢にはそれぞれ自分の好みのタレを入れて食べるのですよね。胡麻ダレ、ポン酢、キムチ、胡椒《こしょう》、ネギ玉子味噌、紅葉《もみじ》おろし、柚子胡椒と、バラエティ豊かなものが食卓に並びます。

鈴花ちゃんかんなちゃんはまだ香辛料の類《たぐ》いは無理ですからね。甘くて美味しい胡麻ダレか普通のポン酢で食べてもらいます。意外とこの年齢の子供は酸っぱいのが平気なんですよね。二人ともまだ好き嫌いがないので助かります。

何故呼び出されたのか、何も聞いていない龍哉さんたちと智子さんです。我南人のことだからとにかく来て、で済ませたのでしょう。三石さんはもちろん、細かい個人的な事情はともかく、これから何が始まるかは承知です。

座卓に並んで座ってもらいました。子供たちには少々聞かせられない話になるかもしれないので、花陽と研人、鈴花ちゃんかんなちゃんは二階で待機です。

「さっさと飯にしたいんでな。手っ取り早く、結論、じゃねぇな。おめぇたちに提案させてもらうぜ」

勘一が皆に言います。

「提案、ですか？」

龍哉さんもくるみさんも光平さんも、そして智子さんもきょとんとします。我が家の皆はもちろん事前に全部聞かされましたから大丈夫です。

「まずよ、龍哉くんよ」

「はい」

「淑子の別荘がな、どういう事情か俺のものになっちまったんだ」

「あ、そうなんですか。それは良かったですね」

勘一が、うん、と頷きます。

「それでよ、物は相談なんだが、おめぇの家と淑子の別荘。交換しねぇか?」

龍哉さんとくるみさん、光平さんも眼をぱちくりとさせます。

「広さから言うと、若干淑子の別荘の方が狭いんだがな。古さで言えばおめぇのところの方が古い。ここにいるのは三石くんてぇ藍子の同級生の不動産屋なんだがな、事前に調べてくれたんだが」

三石さん、はい、と頷いて書類を広げます。

「鑑定させていただきましたが、葉山の堀田家別荘と三崎家別荘、資産価値においてはほぼ同等。ただし、三崎家別荘の方が元々の持ち主や現在の三崎龍哉さんの音楽家としてのネームバリューを考えるなら若干価値が上になります。いずれにしても」

三石さん、にっこり営業スマイルをして龍哉さんに言います。

「私共の方で、適正にお互いの損になることなくお取引をさせていただきます」

龍哉さん、くるみさん、光平さん。ますます眼をぱちくりとさせます。

「ってことでよ。龍哉くんよ」

「はい」

「俺としちゃあ、龍哉くんとくるみちゃんに、淑子の別荘で暮らしてもらって、おめぇの別荘は売却させてもらってだな、ここにいる智子ちゃんの」

智子さんが、あたし？　と自分を指差します。

「我南人の女房だった秋実さんが暮らした児童養護施設の、改築費用と運営費用に充ててぇんだよ」

「ええっ？」

智子さんも眼を丸くします。もう今夜は皆の眼が大忙しですね。

「勘一さん、それは」

龍哉さんに向かって勘一が手のひらを広げます。

「この話はよ、元々は、光平くんが言ってきたもんなんだよ」

「光平が？」

くるみさんと龍哉さん、二人で光平さんを見ます。

「自分はアメリカに行く。龍哉くんとくるみちゃんはあの家で二人きりになってしまう。

本当ならそのまま二人が結婚するのが普通なのに、それはとても良いことなのに、あの二人にはそれができそうもない。このままじゃ、アメリカに行くに行けないってな。自分にはどうにもできないので、何かいい知恵はないもんかってな」

「光平、そんなことを」

くるみさんです。光平さんが頷いて言います。

「だって、そうだろ？　くるみは、僕がアメリカに行ったらあの膨大な本を堀田さんに売り払うつもりだったんだろう？　命より大事に思ってる本を売って、自分は普通の狭いアパートにでも住むつもりだったんだろう？　龍哉とはあの家で暮らせない、出るからには二度と会わない、会えない覚悟でさ」

「そんなこと、考えてたのか」

今度は龍哉さんが驚きます。

「そのまま住んでいればいいじゃないか。どうして出ようなんて思うんだよ」

「そんなの、できない」

「どうして」

くるみさんが、口をへの字にして言います。

「龍哉」

「なに」

「光平がアメリカに行っちゃったら、何年も、何年も帰ってこないんだよ？　光平がいないあの家で二人きりで、毎日を、過ごすんだよ？　龍哉は、龍哉は」

くるみさん、そこまで言って口をつぐんでしまいました。光平さんが龍哉さんに向かいます。

「龍哉、わかってんだろ？　お前たち好き合っているんだぞ？　僕がいなくなったら晴れて恋人同士として過ごせるのに、お前、くるみと、あの家で恋人になれるのか？　いつまでもあの家に残るお母さんの幻影を抱えたままでいるお前に、暮らせるのか？　くるみの気持ちを考えたことあるのか？」

「それは」

何かを言おうとして、龍哉さんが口籠りました。そのまま、二人とも下を向いてしまいます。わたしたちには窺い知れない事情があるとは勘一が言ってましたが。

「そんなこと、考えていたのか」

呟くように龍哉さんが言います。やはり、くるみさんのそういう思いに気づいてはいなかったのですね。龍哉さん、しばらく何かを考えていましたが顔を上げ、勘一を見ました。

「我南人さんには、以前に話したことがあるんですけど」

「おう」

「母は、自殺したんです」

皆が驚きました。そして珍しく我南人が顔を顰めましたよ。この子がそんな顔をするってことは余程の事情なのでしょう。

「その原因は」

続けて話そうとする龍哉さんに向かって我南人は右手を上げて制しました。

「親父ぃ」

「なんでぇ」

「こんな大勢の前で本人に言わせるにはぁきっつい話なんだぁ。だから僕がしちゃうねぇ。龍哉くんのお母さんが愛人だったたってぇ聞いたよねぇ」

「そうだな」

「要するにぃ、龍哉くんのお母さんはぁお父さんにそっくりになった龍哉くんに、狂おしいほど愛しいのに自分を何年も何年も放ったらかしにするお父さんの、愛する人の幻影を見ちゃったのさぁ」

わかってくれ、とでもいうように我南人は勘一を、そして皆を見回しました。龍哉さんも光平さんもくるみさんも、それぞれに苦悩の表情を浮かべています。それだけで、三人が抱えた事情の重さが伝わってきました。

しばし考えていた勘一が、うむ、と大きく頷きました。はっきりとはしなくても、おおよそのところは理解できたのでしょう。わたしも、想像はできました。

「みなまで言うな、だな」

「そうだねぇ」

くるみさん、意を決したように勘一を見ました。

「私は、実は義父に」

「いや、言わなくていいぜくるみちゃんよ」

手のひらを向けて、勘一が止めました。

「本当ならよ若い女の子がよ、好きな男と一緒に暮らせるってのは嬉しいことじゃねぇか。なのに、それができないってぇんだから大体察しはつくってもんよ」

勘一が、優しくくるみさんに微笑みます。

「昔、くるみちゃんはきっと手酷《てひど》い目にあったんだよな。単に男に振られたとかそういう話じゃねぇぐらいのよ。もう立派な大人になった今でもまだその傷が癒えねぇんだよな。だからもし龍哉くんと、改めて男と女として暮らし始めても龍哉くんを傷つけてしまうかもしれねぇ。自分もまた傷つくかもしれねぇ。いい関係が何もかも崩れるかもしれねぇ。だったら、端《はな》っから二人で一緒に暮らさねぇ方がいい。何よりも、龍哉くんがあの家で、お袋さんの思い出が残り過ぎている家で、今までの三人暮らしじゃねぇ、自分と二人で、男と女の関係で暮らすなんてことを考えるはずもない。それに自分も耐えられないかもしれねぇ」

龍哉さんもくるみさんも、黙って勘一を見つめ、話を聞いていました。勘一が大きく息を吐きました。

「俺の想像だがよ。大体こんなところじゃねぇのかな。どうだい龍哉くんよ」

龍哉さん、一度下を向きました。それから顔を上げます。

「驚きました。我南人さん」

「なぁにぃ」

「俺は、我南人さんにも絶対適わないって思っていたのに、もっと適わないと思える人に初めて会いました」

我南人が笑います。

「だってぇえ、僕の親父だからねぇえ」

「褒めたってげっぷぐらいしか出ねぇぞ」

皆が笑います。

「勘一さん」

「おう」

「その通りです。母と暮らした別荘に、いえ、母親そのものに、俺は特別な思いを抱いていたんです。でもその気持ちは、もう随分昔に昇華したと自分では思っていたんですよ。でも、くるみは」

　くるみさんを見ます。くるみさんはじっと下を向いています。その丸い瞳が閉じられたままです。

「俺も気づいていないところで、傷ついていたんですね。感じていたんですね。俺に残るその思いのせいで、俺のせいで」

「龍哉の、せいじゃないよ」

　くるみさんの声が小さく聞こえてきました。眼を開けて、そっと龍哉さんを見ます。

「光平も、悪かったな。アメリカに行く前に気を使わせてさ」

「いや、別に龍哉たちのためじゃなくてさ」

　光平さんが悪戯っぽく笑います。

「僕が帰ってきたときにさ、帰る家がなくなっているのは困るんだよ」

「ってことは、お前は、アメリカから帰ってきたら、俺とくるみの新居にそのまま住むというつもりなんだな」

「当たり前じゃん。少なくとも僕が結婚するまでは」

「いつになるかわからないじゃないか」

「うるさいよ」

　二人で小突きあいます。伝わってきますね。この二人は本当の意味での、友人なのですね。その様子にくるみさんも少しだけ微笑みます。

龍哉さんが、勘一を見ました。

「勘一さん」

「おうよ」

「その提案、受けます」

「そうかい」

うん、と龍哉さん頷きます。

「新しい場所での新しい生活なんて、考えてもいませんでした。ずっとこのままでいいんだって、思い込んでいたんですね。それが、くるみを傷つけていたなんて思いもしないで」

くるみさんが、龍哉さんを見ました。唇が引き締められています。龍哉さんも、くるみさんを見て微笑みました。

二人がお互いに何か言い掛けたのを勘一が止めました。

「あぁ悪いけどな」

勘一です。

「その後の二人での話はよ、後で帰ってからゆっくりやってくれや。聞いてるこっちの身体が痒《かゆ》くなっても困るんでな」

皆が笑います。くるみさんも恥ずかしそうに下を向きました。

「実は、これは本当なんですけど、ちょうどスタジオも改装したいと思っていたんです。あの家はとにかく古くてどうにもならない部分が多かったので」

「そうかい」

「研人くんも来やすくなるように、もうひとつ小さなスタジオも造りたかったし」

「それ、研人にはまだ言うなよ。あいつはどうも我南人に似たらしくて調子に乗るからな」

わかりました、と龍哉さんも笑います。

「さて」

勘一が、智子さんに向かいました。

「もう、智子ちゃんには何も言わなくていいよな？　要するにそういうこった」

実は智子さん、さっきからずっと瞳を潤ませて、ハンカチで眼を押さえていたのですよね。

「なんでぇ、随分似合わないことするじゃねぇか」

「なに言ってるんですか勘一さん、泣かせるようなことをしたのは誰ですか」

「そりゃ済まなかったな」

智子さん、勘一と我南人の両方を見ます。

「我南人さん、あれこれ言うのは、面倒なんでしょう」

「そうだねぇえ、何も言わなくてもいいよぉお」

「秋実さんもよ、そういうのは嫌いだったよな」

うん、と、智子さん頷きます。そうですよ、湿っぽいことはやめましょう、良いと思ったことはすぐにやりましょう、人のためになることは進んでやりましょう。

我が家の家訓じゃありませんが、秋実さんがいつも言っていたことは、今も皆の胸の内に残っています。

「勘一さん、我南人さん、あたしはこの命ある限り、秋実と一緒に過ごしたあの家を守っていきます」

すっ、と後ろに下がって、智子さん頭を下げました。

「ありがとうございます」

ポン、と勘一が手を打ちました。

「よし、決まった！　これこそ三方一両損の大岡裁きってもんじゃねぇか？　さぁ飯だ飯。子供たちを呼んでやれ。腹の虫がぐぅぐぅ鳴いてるぜ」

ちょっと違うような気もしますが、まぁいいですかね。うまく行ったんですから。

賑やかに食事が始まりました。会ったことはありますが、一緒にご飯を食べるのは初めての龍哉さんたちがいるので、かんなちゃん鈴花ちゃんも喜んでいますね。そういえば、この二人も花陽と一緒で、格好良いお兄さんが大好きですよね。

その内に、藤島さんに代わって龍哉さんに会いたがるようになるかもしれませんね。

「勘一さん」

龍哉さんが、勘一を呼びました。

「おう、なんだい」

「光平がアメリカに出発するのは、一週間後なんですよ」

「そうかい」

何でしょう。龍哉さんが光平さんとくるみさんを見ました。勘一も何を言い出すのかと待っています。

「我南人さんに以前聞いたんですけど、近くの神社でよく結婚式をしているんですよね？　我南人さんのお子さんたちも皆さんそこで挙げたって」

勘一、頷きます。

「俺の幼馴染みがすぐそこの神社の神主なんでな。まぁ今は引退して息子が継いでるんだがよ」

「すぐに結婚式ってできるものなんでしょうか。そこで」

勘一の眉がひょいと上がりました。

「そりゃあまぁ空いていればな。今電話して明日の朝にだってできるぜ」

もう皆がにやにやし始めました。勘一が満面の笑みで、くるみさんを見ています。

「え？」

くるみさん、慌てたように龍哉さんを見ます。

「まさか」

「アメリカに行く前に光平を安心させてやろうかと思って」

光平さんが、笑って言います。

「そりゃびっくりだ。弾みがついていいかもね」

勘一が、よし、と大きな声で言います。

「そうとなりゃあ、おい紺、祐円に電話しろ。三日以内でどっかを空けろってな。空いてなくても無理やり空けろって」

「いや、そんな、龍哉」

くるみさん、真っ赤になって慌てています。

「いいじゃねぇか目出度いことよ」

勘一が箸を置いて優しく微笑みます。

「くるみちゃんよ」

「はい」

「〈善は急げ〉ってもんよ。良いと思ったことはパッとやっちまうのが一番いい。くるみちゃんと龍哉くんが結婚すりゃあ光平くんはもちろん、ここに居る皆が喜んで笑顔になる。良いことじゃねぇか」

丸い眼をパチパチさせて、くるみさんは龍哉さんを見て、光平さんを見て、そして皆を見回しました。それぞれが小さく頷いたり、青なんかウィンクしています。隣に座っていたすずみさんに肩をそっと叩かれて、くるみさんはゆっくりと照れ臭そうな笑顔になっていきました。

「飛び込んじまえ。今の今まで長ぇ間躊躇《ちゅうちょ》していた分、思い切ってよ」

勘一に言われてくるみさん、恥ずかしそうにしながらも、小さく頷きました。

少しばかり強引ですけど、きっと三人の間ではそれが許されるんでしょう。勘一の台詞じゃありませんが、いいじゃありませんか。嬉しいことなんですから。

冗談ではなく本当に三日後、祐円さんの神社で龍哉さんとくるみさんの式が執り行われました。

実は龍哉さんもくるみさんも、ご両親は既に亡く、親類縁者もほとんどいないという境遇だったのです。ですから、出席者は光平さんはもちろん、本当にごくごく親しい友人の方だけ。その代わりに我が家の全員と、龍哉さんのミュージシャン仲間が集まって賑やかに門出を祝いました。

くるみさんの幸せそうな涙がとてもきれいで、思わずもらい泣きしてしまいました。それ以上に、光平さんがぽろぽろと男泣きしていたのが本当に印象的でしたね。

これからの人生も、三人はずっと友人として過ごしていくのでしょうね。そういうことがしっかりと伝わってくる、佳きお式でしたよ。

いいものですね。若い人が新しい道を、自分の意志で歩き出すというのは、本当にいいものです。

＊

紺が仏間に入ってきました。話せるでしょうかね。

お線香を立てて、おりんを、ちりん、と鳴らします。手を合わせていると、後ろから小さな足音が聞こえてきましたよ。紺が思わず振り返ります。

「あれ？」

「パパー」

かんなちゃんが起きてきてしまいましたか。可愛い寝巻き姿のままとことこと歩いてきて、仏壇の前に座る紺の膝の上にちょこんと座ります。あぁこの顔はちょっと寝惚《ねぼ》けてますね。

「おばあちゃん？」

仏壇の上にある秋実さんの写真を指差してかんなちゃんが言います。

「そうだね、おばあちゃんだ」

「おおばあちゃん？」

まぁ、かんなちゃん、今度はわたしの方を指差しましたよ。研人と同じでわたしが見えるようになりましたかね。紺が驚いて、口を開きました。

「ばあちゃん？　いる？」

「はい、お疲れさま。いますよ」

「びっくりした。今かんな、指差したよね？」

「わたしも驚きましたよ。ちゃんとこちらを見ていましたよ」

「かんな？　大ばあちゃんが見えるの？　あれ？　寝ちゃったか」

「あぁ、寝ちゃったね。ほんの一瞬だったね」

「やっぱり研人と同じなのかなぁ」

「そうなのかもね。やっぱりあんたの血なのかねぇ」

「あれだね。研人にも昔言ったけど、かんなにも明日さっそく、大ばあちゃんが見えても指差さないようにって教えなきゃならないな」

「頼みますよ。皆を驚かせては申し訳ないからね」

また縁側に足音が響きました。今度は勘一ですね。徳利《とっくり》とお猪口を持ってきていますよ。

「なんだよ。かんなちゃん起きちゃったのか？」

お猪口を仏前に置いてから、勘一は満面の笑みで、そっと指を伸ばしてかんなちゃんの頬っぺたを触ります。

子供の頬っぺたって本当に柔らかくて、気持ち良いですよね。

「寝惚けてね、来ちゃったんだ」

「そうかよ、寒くねぇか？　風邪引かせねぇようにな」

「じいちゃんは？　淑子さんの報告？」

「おう、正式に別荘の売買が決まったからな。やっぱりあいつの遺したものを売っ払っちまうんだからきちんと報告しねぇとな」

「そうだね」

紺がかんなちゃんを抱っこしたまま、そっと立ち上がります。

「じゃ、寝かせてくるよ」

「おう」

勘一が、お猪口に徳利からお酒を注ぎ、仏壇にそなえて、手を合わせました。

「なぁサチよ」

はい、なんでしょうか。

「淑子もまぁ怒ってねぇとは思うけどよ、お前からよく言っといてくれや。済まんがせっかくの気持ちを使わせてもらったってよ」

いいですよ。そのうちに会えると思いますから、そうしたら言っておきます。でも、大丈夫ですよ。きっと淑子さんもそのつもりで遺したんですよ。

勘一がそなえたお猪口を取って、くいっと飲みました。もう飲んじゃうんですか。

「あれだな、なんだかよ、最近若いもんが幸せそうな顔をするのを見るのが楽しくてしょうがねぇんだよな」

そうですか。もちろんそれは良いことじゃありませんか。

「真奈美ちゃんもそうだしよ、今日の龍哉くんやくるみちゃんだってな、嬉しそうな顔をしててよ。まだ周りには若いのがたくさんいるから、そいつらの幸せそうな顔を一通り見るまで死ねねぇな」

そうですね。そのうちに今度は修平さんと佳奈さんにおめでたがあるかもしれませんし、光平さんにもきっと彼女ができるでしょう。そういえば木島さんだってまだ独身なんですよ。

「おっと、そういやぁまずはあれだな、藤島だな。あいつをなんとかしなきゃとりあえず死んでも死に切れねぇや」

藤島さん、今頃くしゃみしてますよ。

「ま、そんなんでよ。当分はおめぇのとこへ行けねぇからよ、もう少し親父やお袋や淑子と待っててくれよ。頼むぜ」

どうぞ、思う存分長生きしてください。あなたならまだまだ大丈夫ですよ。

若い人たちの明日への道筋を作ってあげるのは、あなたのような年寄りの仕事じゃありませんか。多少煩《うるさ》がられても、思うままに動いていけばいいと思いますよ。

そうして、あなたが背中を押せば、誰かがその道を進んで、その誰かがまた道を作ってくれます。

我南人だって紺だって青だって、そうやって進んできたんですから。まだまだ頑張ってください。

大丈夫。あなたが生きている限り、あなたの背中はわたしが見ていますよ。

あの頃、たくさんの涙と笑いをお茶の間に届けてくれたテレビドラマへ。

解説――憧れの下町へＧＯ！

若木ひとえ

たぶん、一人もいないであろうことは承知しているのですが、もしかしたらおひとりくらいはいるかもしれない。『東京バンドワゴン』シリーズを本書『レディ・マドンナ』で初めて手にとり、その上この解説から読み始めたという方が……。その一人いらっしゃるかどうかわからない「おひとり」に向けてこの解説を書いてみようと心に決めました。しかも実際に東京の下町を歩き、その風情もお伝えしたいと決意を固め、北海道からほぼ出たことがない私が東京まで行って参りました。

「おひとりさま」へ

本書を手にとったのはなぜですか？　表紙に惹《ひ》かれた（アンドーヒロミさんのイラストは本当に素敵です）。オビに見入った。タイトルが気に入った。ビートルズが好きだ。いろいろ考えられそうです。きっと表紙やオビにはお客様に手にしてもらうための工夫があちらこちらにあるはずです。「東京下町の老舗古本屋」「早くドラマにしてくださいっ」「大家族」「LOVE&ピース」「LOVEだねぇ」などの文字があなたを誘ったに違いありません。そしてもしかしたら、「『LOVEだねぇ』ってなんだ？」と思われたかもしれませんね。ちょっと引きましたか？　でも最後まで読んでいただければきっとこの言い回しが気に入っていただけるはずです。

主要人物の一人に、「ゴッド・オブ・ロック」と呼ばれる金髪のロッカー我南人《がなと》が登場しますが、その我南人の口癖が「LOVEだねぇ」なのです。この「ねぇ」という優しい響き（語尾がちょっと上向きだと思われます）が、この物語全体をほわんと包むかのようです。登場人物の紹介は、相関図をご覧いただくのが一番です。こんなにわかりやすい図が巻頭に付いているなんて。本当に親切この上ない文庫です。なんと今回は、家の間取り図まで付いているのですよ。

古本屋を営む堀田家の当主は八十歳を越えてもなお元気な勘一《かんいち》。彼は数年前に最愛の妻サチを亡くしています。『東京バンドワゴン』の物語はいつも、この「サチさんの語り」で始まるのがお約束です。サチさんの語りを毎回読んでいると、どうしても下町に出かけてみたくなるのです（本当です！）。道産子《どさんこ》には想像もできないような路地が出てきます。子どもたちが登校する場面では、店から外に出て路地を曲がるともう見えなくなる、とあります。この描写をとても不思議に感じていたのですが、実際に谷根千《やねせん》と呼ばれる下町のあたりを歩いて路地を体験すると、その通りでした。パッと消える感じです。しかもこのあたりは本当にお寺ばっかり！　そして石屋さんが多い。ここは寺内《てらうち》貫太郎《かんたろう》一家さんの家かと見紛《みまご》うようです。サチさん曰《いわ》く、「やたらとお寺が多く古いものがたくさん残っている情緒溢《あふ》れる町ですが、（中略）本当に良いものは残るのですよ。時代が移り変わり人の心根さえも変わったように感じることもあるでしょうが、松の根に杉の木が生えないのと同じように、心の根っこというぐらいですからそうそう変わりはしませんよ」とのこと。

実際歩くと、そこは情緒ある階段があり（夕焼けだんだん、夕方に行ってみたかった）、家の前には花の鉢がたくさん置かれ、猫がひょいと現れるようなところでした。地図を片手に道で立ち止まると「どうしたの？」と声をかけてくださる方がいて、本当に人情溢れる町です。そんな町の一角に築七十年以上という「東京バンドワゴン」があるのです。ええ、ちゃんとありましたよ。あの表紙や文中に登場する「東京バンドワゴン」とよく似た風情の古い建物たちが、現在もたくさん活躍していました。「ちょっと待ってよ！　そんなことはどうでもいいのよ。サチは亡くなっているんでしょ！」とおっしゃいますか？　気づかれましたね。亡くなっているのですが、まだこの世に残って家族を思っているのです。一度行った場所ならばすいすいと移動できるなんて羨ましい。我南人の長男で、サチの孫に当たる紺《こん》は、サチと少し会話ができます。紺の長男の研人《けんと》もその血を受け継いでいますし、研人の妹のかんなもどうやら……。

さあ、いよいよ、第一章「冬　雪やこんこあなたに逢《あ》えた」の物語が始まります。

冬のある朝です。居間の真ん中に欅《けやき》の一枚板でできた座卓がどーんとあり、十四人が食事をします。堀田家には家訓があり、家のあちこちに貼られているその中の一枚には「食事は家族揃《そろ》って賑《にぎ》やかに行うべし」とあります。堀田家にはこの他にも家訓があるのですが、勘一だけではなく、その孫や曾孫《ひまご》たちも、行動の基本としているようにみえます。

先ほど、サチさんの語りがお約束だと申しましたが、ここでお約束その2、朝食シーンで勘一の「おかしな味のこだわり」というものが出てきます。今回は何に何をかけて美味しいというのか。ファンとしては気になることのひとつです。これまでもけっこう変でしたが、今回も、タバスコを和食のあれにかけてしまう勘一。小さい子どもたちが真似《まね》したら大変と、サチさんは本気で案じるのです。この朝食シーンには本当に食欲をそそられます。前の晩の残り物もたまにありますが、野菜がたっぷりのおいしい日本の朝ごはんが大きな座卓の上に乗っかっているのです。朝はいっぱい食べて今日も一日がんばろうというわけで、小一時間ほどかかりそうです。何しろ賑やかなことこの上ない。会話と会話が空中を飛び交い、セリフのやりとりを線で結んでみたいという衝動に駆られるほどです。

堀田家は家族関係がちょっと複雑な家庭です。そこが毎回騒ぎの種になるわけですが、この冬は、前作『オブ・ラ・ディ　オブ・ラ・ダ』で勘一の妹淑子《としこ》が亡くなったばかりです。そのことがどのような影響を与えるのか、家族の心配は尽きません。妻のサチ一筋だった勘一にどうやら女性の影が、ちらほらと……。

「おひとりさま」へ

そろそろ堀田家の物語をお読みください。読み終えたらまた戻ってきていただけますか？

いかがでしたか。楽しんでいただけましたか？　ほろり、じわりと心に染みますよね。現実の世の中では、誰かを思いやる心を持っていたとしてもなかなか表に出せるものではない。ましてやおせっかいと言われたらどうしようと一人で不安になることが多いもの。勘一や我南人のように心から叱《しか》ってくれる、励ましてくれる、笑ってくれるなんてことはありえませんよね。この親子の周りにはいつも笑いや涙が絶えません。涙と言っても悲しいものばかりではなく、登場人物たちの暖かさに思わずこみ上げてしまうようなものなのです。こんな涙を流してみたい。心が洗われるとは、きっとこのような場合に使うのでしょう。

話は変わりますが、『東京バンドワゴン』シリーズは、毎年春に単行本と文庫の新刊が発売されます。ファンにとっても書店員にとっても冬は、お祭り前夜のような心が浮き立つ準備期間なのです。北国の雪が溶け春の気配が感じられる頃（ちょっと大げさですね）新刊を店頭に並べ、お客様にお渡しすることができる。それが今年は、夏にも文庫が発売されるとは!! きっと『東京バンドワゴン』ファンの方は驚かれていらっしゃることでしょう。そして、なんと素晴らしいことに『東京バンドワゴン』が連続ドラマ化されるというのです。お茶の間で家族揃って楽しむことができるドラマになることは間違いありません。ドラマでは主人公となる堀田青《あお》役に亀梨和也《かめなしかずや》さんを配したキャストだとか。青は我南人と日本を代表する女優の間に生まれた才能溢れる男性です。ファンにとって長年の夢が叶《かな》う時が近づいています。

もしシリーズの他の作品も読んでみたくなったとしたら、遡ってもいいですし、一作目から順番に読むというのもよろしいかと思います。我南人のあの独特のしゃべり方が気になったとしたら『マイ・ブルー・ヘブン』をお読みいただければ納得してくださると思います。サチさんのご実家のことや戦後日本の陰の部分など、読みどころ満載です。この時代があったからこそ、今の日本、今の堀田家があるのだということがおわかりいただけるはずです。

シリーズ一作目から、勘一や我南人は年齢相応の変化があるにせよそれほどの老いを感じさせません。ですが、子どもたちの成長には目を見張るものがあります。新しい誕生があり、悲しい別れも経験する。それに、堀田家以外の人たちにドラマがあるのも、このシリーズの魅力です。今回登場した龍哉《たつや》、くるみ、光平《こうへい》の三人の幸せをずっと願っていた私としては、彼らの過去が書かれた物語を是非文庫で読みたい！　と熱望しています。これだけ堀田家に関わりを持つ彼らのことをもっと知りたいですよね。そうそう、家族以外の登場人物で特筆すべきは、やはり藤島《ふじしま》さんの存在です。無類の古本好き、IT企業社長、しかも独身でイケメンとくれば、そりゃあいろいろあるでしょう。ところがこの方、思う人には思われずみたいなところがあって、そこがまたいいんですけどね。

そういえば、下町を歩いていて、まるで「藤島ハウス」のような洒落《しゃれ》た建物も発見しました。藤島ハウスの間取り図をご覧いただき、ぜひ、『東京バンドワゴン』のふるさと谷根千を歩いてみませんか？　「発見しました」と空に向かって叫んでいただければ遠い北国にも届くのではないかと。

今回、下町を歩くにあたり、ご一緒していただいた集英社の吉田様、本当にありがとうございました。自分一人だったら、情けないことにあの路地の中で迷子になっていたことは確実です。

最後になってしまいましたが、『レディ・マドンナ』いかがでしたか？　女性、いや、母は強いという一言に尽きますね。「解説なんてヤツは必要ねぇってこった」という勘一の声が聞こえてきます。どうか『東京バンドワゴン』シリーズのファンになって、来年の春を待ち遠しいと感じていただけますように。

（わかき・ひとえ　書店員・札幌市　文教堂北野店勤務）

小路幸也の本

東京バンドワゴン

東京下町で古書店を営む堀田家は、今は珍しき８人の大家族。一つ屋根の下、ひと癖もふた癖もある面々が、古本と共に持ち込まれる事件を家訓に従い解決する。大人気シリーズ第１弾！

集英社文庫

小路幸也の本

シー・ラブズ・ユー　東京バンドワゴン

笑いと涙が満載の大人気シリーズ第２弾！　赤ちゃん置き去り騒動、自分で売った本を１冊ずつ買い戻すおじさん、幽霊を見る小学生などなど……。さて、今回も「万事解決」となるか？

集英社文庫

小路幸也の本

スタンド・バイ・ミー　東京バンドワゴン

下町で古書店を営む堀田家では、今日も事件が巻き起こる。今回は、買い取った本の中に子供の字で「ほったこん　ひとごろし」と書かれていて……。ますます元気なシリーズ第３弾！

小路幸也の本

マイ・ブルー・ヘブン　東京バンドワゴン

国家の未来に関わる重要文書を託された子爵の娘・咲智子。古書店を営む堀田家と出会い、優しい仲間たちに守られて奮闘する！　終戦直後の東京を舞台にサチの娘時代を描いた番外編。

集英社文庫

小路幸也の本

オブ・ラ・ディ　オブ・ラ・ダ　東京バンドワゴン

堀田家に春がきた。勘一のひ孫たちも大きくなって、賑やかな毎日を送っている。そんなある日、一家にとって大切な人の体調が思わしくないことが分かり……。大人気シリーズ第６弾！

集英社文庫

S 集英社文庫

レディ・マドンナ 東京《とうきょう》バンドワゴン

2013年8月25日 第1刷
2020年10月24日 第4刷

定価はカバーに表示してあります。

著 者 小路幸也《しょうじゆきや》

発行者 徳永 真

発行所 株式会社 集英社
東京都千代田区一ツ橋2-5-10 〒101-8050
電話 【編集部】03-3230-6095
【読者係】03-3230-6080
【販売部】03-3230-6393(書店専用)

印 刷 凸版印刷株式会社

製 本 凸版印刷株式会社

フォーマットデザイン アリヤマデザインストア マークデザイン 居山浩二

ISBN978-4-08-745100-9 C0193